私の初恋は恥ずかしすぎて誰にも言えない

伏見つかさ

イラスト／かんざきひろ

contents

デザイン●伸童舎

やすみ・ちあき
な三姉妹の次女。
校入学式の朝、
った。
八隅楓
やすみ・かえで
女子にモテモテな三女。千秋の双子の妹。いつもクールで千秋にも冷たかったのに、なぜか最近ちょっぴり優しい。高校入学式の朝、とんでもない秘密を抱えることに。

Watashi no hatsukoi ha
hazukashisugite darenimo ienai
Kaede Yasumi & Chiaki Yasumi

八隅千秋

いつも人生楽しそ
恋をするのが夢。
女の子になってし

私の初恋は恥ずかしすぎて誰にも言えない
伏見つかさ
イラスト／かんざきひろ

プロローグ

俺は八隅《やすみ》千秋《あき》。この春から高校生になる十五歳。

容姿端麗、学業優秀、スポーツ万能、金持ちの家に生まれ、超美人の姉妹までいる。

誰もが羨む『持てる者』。

非の打ち所がない、控えめに言って日本一の男。

それが俺だ。

「アハハハハハ！　ハーッハッハッハ！」

笑い声までカッコいい。

唯一の悩みは、まったく女子にモテないこと。

いくら考えても理由がわからないが。

フッ——まぁ、そういうこともある。

人生でもっとも大切なことのひとつは、狼狽《うろた》えないことだ。

見苦しく騒いだり、冷静さを失って右往左往しないことだ。

よって八隅《やすみ》千秋《あき》は、こんなことで狼狽《うろた》えたりはしない——そう、余程のことでもない限り、な。

冷静に、前向きに、笑って目標へと進むのだ。

中学卒業——そして、高校入学。

環境の大きな変化は、絶好の機会だろう。

頼れる生徒会長という人望だけではなく、高校では心機一転、女子にちやほやされる日々を送ってみせる！

八《や》隅《すみ》千《ち》秋《あき》の名に懸けて、夢を叶《かな》えてみせる！

そう誓った翌朝のことだ――


――目覚めたら、女になっていた。


「うわあああ！」

洗面所の鏡に、神々《こうごう》しいまでの美少女が映っている。

見苦しく絶叫する顔さえもが麗《うるわ》しい。

「はぁっ……はぁっ……はぁっ……はぁっ……」

ぶかぶかの寝間着から覗《のぞ》く素肌は、白く瑞々《みずみず》しくなまめかしい。

額に汗を浮かべ、片方だけ露出した肩を上下させる……その吐息すらも可憐《かれん》だった。

普段の八《や》隅《すみ》千《ち》秋《あき》だったなら、ようやく相応《ふさわ》しい恋の相手が現れたと大喜びしただろう。

いまはそれどころじゃなかった。

まったくもってそれどころじゃない！

「バカな……バカなバカなバカなバカなバカな……ッ！」

完全に狼狽《うろた》えて、右往左往してしまっていた。

女になってしまった。

それを察した瞬間、目の前が真っ暗になった。世界がひっくり返ったような衝撃だった。

昨夜、つい数時間前だ。誓いを立てたばかりなのに……。

高校生活の目標、壮大な夢と言ってもいい我が計画が、音を立てて崩れていく。

のみならず……。

「あぁぁ…………ない！　ないないない！」

いまにもずり落ちそうなズボンに片手を突っ込み、絶望の言葉を繰り返す。

「そんな…………」

涙がこぼれた。

自分の外見の中でも、ひときわ自慢の部位だったから。

中学生にして、すでに二十センチくらいあったのに。

今後の成長が大いに期待できると、日本一を目指せるかもと、いつも希望に満ちた目で眺めていたのに……。

「あぁ…………鍛え上げた片腕を喪《うしな》ったような気分だ……」

うっ……うっ……と、洗面所で嗚咽《おえつ》を漏らす。

それがしばし続き、やがて顔を上げた。

眼前の鏡。人間離れした美貌に向けて、涙目で、半ば言い聞かせるように、

「ふぐっ……ひっく……不覚にも、ほんのすこし……ほんのチョッピリだけ狼狽《うろた》えてしまったが……が！」

言う。

「そういうこともある。冷静に――前向きにいこう」

立ち直りの早さで、八隅《やすみ》千秋《ちあき》は、誰にも負けない自信がある。

女になってしまった。

なってしまったものは仕方がない。ではどうするか。

原因を究明したり、病院に行ったり――現実的な行動指針について、頭の隅で考えを進める。

同時に、マジマジと鏡を見つめる。

「ふむ……ふむ…………ふっ……ふふ……フフフ……」

ぽっ、と、美少女の頬が紅《あか》みを帯びた。

「ふは、はは、ハハハ……」

俺が笑うと、彼女も笑う。聞き慣れない美声と、聞き覚えのある響きで。

「アハハハハハ！　ハーッハッハッハ！」

いいね。悪くない。

調子が戻ってきたぞ。

イイ感じじゃあないか、新しい俺。

いや、もうこの一人称は相応《ふさわ》しくない、な。

「今日から、わたしは高校生——」

ちょっとしたトラブルがあったものの。

夢は、依然として変わりなし。

可愛《かわい》い女の子から、ちやほやされる日々を送り——

「誰も経験したことのないような、とんでもない初恋をしてやるぞ！」

と、いうわけで。

わたし、八隅千秋《やすみちあき》は、高校初日の早朝から超弩級《ちょうどきゅう》のトラブルに見舞われ、しかし見事乗り越えつつあった。

我ながら、さすがという他ないな。

そんな素晴らしいわたしの大活躍を描くにあたって、まずは――

妹について語っておこう。

八隅楓《やすみかえで》。

つややかな黒髪と怜悧《れいり》な面差し、長いまつ毛に漂う色香。

心の裡《うち》を覗《のぞ》かせない、ミステリアスな雰囲気。

高嶺《たかね》の花という言葉を具現化したような特級美少女だ。

八隅千秋《やすみちあき》とは、二卵性の双子で――

「私の部屋から、出ていってください」

お兄ちゃんに、めちゃくちゃ厳しい。

わたしを冷たく見据える楓《かえで》は、ワークチェアに腰かけ、長い脚を組んでいる。

すでに制服を着ているのは、彼女が早起きで、今日が高校の入学式当日だからだ。

凛々《りり》しい容姿と潔癖な言動は、同年代の女子にすこぶる刺さるようで、中学時代は学内にファンクラブまでできていたという。

そう――女性でありながら、日本一の男であった八隅《やすみ》千秋《あき》よりも、ずっとモテていたのだ。

ああ、なんと妬ましい、好ましい。

羨ましい、誇らしい。

フフフ……このわたしにこんな感情を抱かせる存在が、この妹以外にいるだろうか？

いいや、世界中を探したっていないだろう。

「聞こえませんでした？　一秒以内に消えてください」

おおっと。愛する妹に急《せ》かされたので、手短に状況を説明しよう。

女になってしまったわたし、八隅《やすみ》千秋《あき》は、まずは家族に現状を報告しなければと考えた。

今朝この家にいるのは、わたしと楓《かえで》だけ。

自慢じゃないが、妹の連絡先など教えてもらっていない！

わたしはやむなく出たとこ勝負、妹の部屋に飛び込んでこう言い放った。

渾身《こんしん》の可愛《かわい》いポーズで、

『おはよう、楓《かえで》！　見てっ、お兄ちゃん超美少女になっちゃった♡』

『そうですか。いま取り込み中なので――』

『――私の部屋から、出ていってください』

とまあ、こうしていまへとつながるわけだ。

説明終わり。

しかし、まあ。

愛する兄が、超大事件を持ち込んできたというのに、リアクションが冷淡だこと。

それを、楓《かえで》らしいと思ってしまう。

人生でもっとも大切なことのひとつは、狼狽《うろた》えないことだ。

八隅千秋《やすみちあき》の信条だが、楓《かえで》はそれを、わたし以上に体現しているのかもしれない。

この妹が動揺したり、冷静さを失って右往左往するところなど、想像もできない。

まさしく八隅楓《やすみかえで》は、余程のことでもない限り、狼狽《うろた》えたりはしないのだろう。

「さすがは我が妹だ。『一夜明けたら、お兄ちゃんがお姉ちゃんになっていた』事態に、ビクともしないとはな」

久しぶりに驚く顔が見られるかも、と、期待していたのだが。

残念、当てが外れた。それはそれとして。

「すぐに納得してくれて助かったぞ。正直、話がこじれて警察を呼ばれる覚悟だった」

「ここまで人の話を聞かない愚かな人は、他にいませんから」

楓《かえで》は座ったまま、深々とため息をついて、改めてわたしの顔を見据えた。

「やっぱり……ほんとうに……八隅《やすみ》くんなんですね」

皆様、お聞きになりました？

血のつながった実の兄。魂の半身ともいうべき双子のお兄ちゃんへの呼称が――

八隅《やすみ》くん！

なんって他人行儀な！

ぐぬぬぬ……我々きょうだいの関係が、少しは伝わったのではなかろうか！

まっこと遺憾な状況である。

ここで宣言しておこう。

女子にモテたいというのが、わたしの崇高なる大目標だがッ。

――ターゲット第一号は貴様だ楓《かえで》！

――必ずや『大好きですっ、お姉さま♡』と甘えた声で言わせてやるぞ！

わたしはそんな決意を燃やしつつ、上機嫌に返事をする。

「ハッハッハ、ほんとうにわたしなんだよ。すごいだろう？」

「事情はわかりました。大変ですね。さ、出ていってください」

氷のようなまなざしで、しっしっ、と、追い払うような仕草をしてくる。

「出ていく前に、少しだけ、そこの大きな鏡を使わせてくれない？　超美少女になった自分を、よく眺めたいんだ」

「…………ばかじゃないですか？」

辛辣すぎて怯《ひる》まざるを得ない。辛《かろ》うじて短く言い返す。

「どこが？」

「色々。すべてが。たとえば、すでに一人称が『わたし』になっているところとか」

「あぁ、わたしに合っているだろ？」

「よく合ってますけど……葛藤とか……ないんですね」

「まったくない。この一人称が自分に合っていて、魅力的だと思うからだ」

やたらと重くなってしまった胸を張って、断言した。

「い、この状態が続くようなら、もう少し、話し方を調整した方がいいかも――とは思う……思うわ？　思います、わ？　――どう？　こんな感じで可愛《かわい》いかな？」

こてんと首を傾《かし》げて問うと、めちゃくちゃ嫌そうな顔をされた。

「適応力が高いのは結構ですけれど……」

楓《かえで》は、部屋からわたしを追い出すのを保留して、少しだけ会話をする気になったらしい。

「どうするつもりなんですか？」

端的な問いだった。こちらも端的に本音を返す。

「フッ、心配するな。なるようになる」

「八隅《やすみ》くん」

ここ数年、ときおり楓《かえで》がとんでもなくイケメンに見えることがある。

いまがそうだ。乙女を軒並み卒倒させてしまいそうな美声で、楓《かえで》は囁《ささや》く。

「私、きみのそういうところが嫌いです」

「わたしは、楓《かえで》のそういうところが好きだな」


「……はあ」

もう一度、ため息をつかれてしまった。部屋の隅、大きな姿見を手で示し。

「ご勝手にどうぞ」

「ありがとう」

わたしは遠慮なく鏡の前へ。

輝かんばかりの容姿を眺め、改めて思う。

「はー……これはすごいな。まさか女になったわたしが、ここまで美少女だとは……」

大きなものを喪《うしな》ったが、同じくらい価値あるものを得たのかもしれない。

誇らしい気持ちを抱くわたしの背に、低く恐ろしい声が届く。

「……なにをしているんです？」

「鏡の前で自分の胸をもんでいる」

「最悪ですね。倒錯した変態行為を他人に見せつけるなんて」

言葉で責められているだけなのに、背中が傷だらけになりそうだ。

相変わらず潔癖なやつ。

「しかし……薄々察していたが……予想通りの検証結果だな」

「なんの話ですか？」

「いまのわたしは、このとおり、めちゃくちゃ可愛《かわい》いだろう。昨日までの『俺』であったなら、ついに恋に落ちていたかもしれないほどだ」

「……はいはい」

「それなのに、ぶかぶかの寝間着を着たあられもない姿を見ても、胸をもんでみても、あんまり楽しくはない。いつも鏡を見るときの感情と変わらない。まったく性的な興奮が起こらない」

「そうですか」

楓《かえで》の声は低く、怒りをくすぶらせたままだ。

わたしは彼女に背を向けたまま、ぶつぶつつぶやく。

「これが女になった影響か……それとも自分自身だという意識があるせいか……もしくは……ぐぬぬ……やはりアレを喪《うしな》ったせいか……」

「アレとは？」

「ちんちんだ」

「⁉」

バッ！　と、高速でスカートの前を押さえる楓《かえで》が、鏡越しに見えた。
彼女の顔は、耳先まで真っ赤っかだ。
わたしたちが子供の頃には、わりとよく見た表情。
大きくなってからは、まったく見なくなった表情。
いつもなら、楓《かえで》の潔癖症をすこしでも刺激した瞬間、実力行使で黙らされるからな。
何故《なぜ》か今日は、そうしてこない。無言で蹴りを入れてこない。
どうしてだろう？　……いまのわたしが女だから？
「その姿で……破廉恥なことを言わないでください」
楓《かえで》は赤面したまま、抗議してくる。
抗議してくる――だけ。
顧みてみれば……今朝の楓《かえで》は、わたしに甘い気がする。
さっきからずっと椅子に座ったまま、まったく動こうとしないのも謎だ。

うかつに立てない理由がある？

さっき楓《かえで》が口にしていた『取り込み中』というのはなんだ？

というか、もしやこいつ……女の子には優しいの？

つらつらと気になる項目が脳裏を流れる。

「ああ、もう」

楓《かえで》の苛立《いらだ》たし気な声とともに、わたしの頭に布が降ってきた。

手に取ってみると、ジャージだった。部屋着として、楓《かえで》がよく着ているものだ。

「それを着てください。中身が最低の愚かものとはいえ……年頃の女性を、いつまでもそんな姿で居させるわけにはいきませんから」

腹が立つほどカッコいい。

女性として扱われてみて、はじめて、妹がモテる理由を実感できた気がする。

「……ありがとう、楓《かえで》」

顔全体が熱い。はじめての感覚だった。わたしは奇妙な火照《ほて》りをごまかすように、

「じゃあ……お言葉に甘えて」

わたしは、ぶかぶかの寝間着を脱ぎ捨てた。

瞬間、

「なっ――」

驚くべき事態が発生した。

「ななな、なんでここで脱ぐんですか⁉」

あの楓《かえで》が、声を荒らげて狼狽《うろた》えたのだ。

「な、なんでって……」

わたしはあまりの衝撃に、ぽかんとしてしまう。

「……着替えるために？」

「自分の部屋で着替えてください……！」

「美少女になった自分のはだかを、大きな鏡でじっくり見たいんだけど」

「へ、変態！」

立ち上がった楓《かえで》は、クールで凜々《りり》しいイメージをすべて投げ捨てるような勢いで、

「出ていってください！　いますぐ私の前から消えてください！」

涙目になって、わたしを扉に向かって、グイグイ押してくる。

楓《かえで》にとって、よっぽどの事情があるのだと言わんばかりに。

「ちょ、ちょ、ちょっと……！」

わたしは困惑しきりで、されるがままに――

「「あっ」」

一目で。

わたしたちは、すべてを察した。

いまやわたしも、楓《かえで》も、同じものを見ていた。

「あっ……あっ……ぁぁ………」

楓《かえで》の美貌が、羞恥に染まる。

きっとわたしも、同じような顔で、同じような声を漏らしている。

「……う……う……ううう～………」

視線の先は、制服姿の楓《かえで》。

妹のスカート、その前部分が、
見たこともないほどに、大きく盛り上がっていた。

わたしは一瞬、ひゅ、と息を呑《の》み。

「うわああ！」

楓《かえで》とともに絶叫をとどろかせたのである。

わたしたちにとって、余程のことが続く日々。
その始まりだった。

1章

絶叫の後、部屋に再び静寂が戻る。

「…………………………………………………」

「……………………………………………………」

わたしは、壁に背を貼り付かせるようにして硬直中。

楓《かえで》は、泥酔《でいすい》したように顔を真っ赤に染めたまま、スカートの前を押さえ、前かがみになり、わたしを涙目で睨《にら》みつけている。

「……ふーっ……ふーっ……」

まるで猫だ。怒りで逆立ったシッポが見えるかのようだった。

状況を考えれば無理もないが……そういうわたしだって、めちゃくちゃ混乱していた。

「バ、バカな……ありえない……こっ、こんなコトが……」

人生最大級に狼狽《うろた》えて、脳裏に刻み付けられた衝撃映像を思い返す。

妹にアレが生えていて、スカートの前が高らかに盛り上がっていて。

それだけなら、ここまで狼狽《うろた》えることはなかっただろう。

「クッ……ぐ……ぐ……ぐぬぬぬぅ～～っ！」

い、布越しだろうともわかる。

混乱の最中でも、視力2.0を誇るわたしの両眼は、しっかりと計測していたのだ。

――十八センチ、十九センチ……い、いや……。

「ぜ、全長……に、二十センチ以上……？」

顔面にまくらを投げつけられた。

「うっ……ぅぅ……ぅぅぅ～～～～～～～～～～～～～～～～～～～！」

「くそっ……泣きたいのはこっちだ！」

痛む鼻を押さえ叫ぶ。

『絶対に負けることはあるまい』と高をくっていたもので。

あぁぁ～～っ！　よりにもよって妹に負けるとは……！

こんなことある⁉

「ハア……ハア……」

高潔な誇りが粉々に砕け散るような感覚があった。

こればかりは、同じ体験をした者にしかわからない感覚だろう。

悔しいを通り越して、やるせない虚無感が、わたしの胸に風穴をうがっていた。

「うっ……うっ……うぅ………」

お互いの情けない泣き声だけが、しばし続き……。

長い長い沈黙の後で、

「つまり……おまえも……か」

「……そう……いうこと、です」

途切れ途切れに言葉を交わす。

依然として混乱は消えちゃいない。

それでもお互い、落ち着いたふりができる程度には、精神が回復してきたようだ。

楓《かえで》は言う。

「今朝、起きたら………こう、なっていて」

わたしは羞恥の極みにいるのだろう楓《かえで》の顔を、なるべく見ないよう視線を逸《そ》らす。

「……っ……私……」

わたしの頬に、弱々しい声が触れる。

「…………………どうしよう」

それはきっと、わたしを頼る言葉ではなかったと思う。

窮地で漏れた自問自答のように聞こえたから。

だが、あえてこう解釈する。

助けを求める妹の声だと。

それなら――

「ハーッハッハッハ！」

笑って応えてやろうじゃないか。

「心配するなッ！　この程度の窮地で狼狽《うろた》える必要などない――おまえには、わたしがいるんだからな！」

「…………」

楓《かえで》は黙したまま顔を上げる。うるむ瞳が、わたしの眼《め》と真っすぐ向き合う。

「……言ったはずです。そういうところが、嫌いだって」

「ほーう、悪態をつく元気はあるんじゃないか」

「なんの根拠もない自信で偉そうにしている愚かものに、怒りが湧いてきただけです」

「根拠がない？　珍しく頭が回っていないな？」

「はあ？　この絶望的な状況から、なにができると……」

ちちち、と、わたしは人差し指を振る。

「わたしたちには、こういうときに――いいや、どんなときであろうとも、頼れる味方がいるじゃないか」

はっとした楓《かえで》に、私は見得を切って声を張り上げた。

「我々の方針を告げるッ！　――いますぐ姉さんに相談するぞ！」

「…………」

楓《かえで》はたっぷりと沈黙した後、

「その……私たちの状況…………あの人の仕業では？」

本質を突くツッコミをこぼした。


わたしたちの住む街は、埼玉県の南部にある。

楓《かえで》の並木道が有名で、毎年秋になると、素晴らしい紅葉を見ることができる。

紅葉と夕焼けの街。

わたしたちきょうだいの名前も、そんな絶景から取られているのかもしれない。

そう、ひらがなで『きょうだい』。

男とも女とも言い難《がた》い、いまのわたしの状態を鑑《かんが》みて、『姉妹』と『兄妹』で迷ったから
——というだけではなく。

八隅千秋《やすみちあき》と八隅楓《やすみかえで》。

我々双子には、年の離れた姉がひとりいるのだ。

その名を、八隅夕子《やすみゆうこ》という。

時が止まったように小柄で幼い、まるで妖精のように愛らしい容貌。

不敵な笑顔に鋭い眼光。白衣が似合う理知的な雰囲気。

そして——

「おっ、千秋《ちあき》ぃ～、ぷっ……クク……ハハハハハハ！　ずいぶん可愛《かわい》い姿になったじゃないか？」

いまのわたしを一目見て、会うなりコレを言える女性だ。

状況を説明しよう。

現在地は『八隅《やすみ》遺伝子研究所』内にある夕子《ゆうこ》姉さんの研究室。

この場にいるのは、わたし・楓《かえで》・姉さんの三人。

楓《かえで》の部屋でのやり取りのすぐ後、わたしたちは頼れる姉さんに『異常事態』を相談するため、ここにやってきた。

いや……相談というよりは、追及というべきかもしれないが。

「……やっぱり」

保健室めいた白い部屋で、わたしたちと姉は対面している。

「夕子《ゆうこ》姉さんが元凶だったんですね」

楓《かえで》が、まるでミステリ小説みたいな台詞《せりふ》を口にした。

すると夕子《ゆうこ》姉さんは、

「フハハハハハ！　ハーッハッハッハ！　なぁ～にをいまさら！　おまえたちの身に、常識では理解できないコトが起こったならばッ！」

心から楽しそうに爆笑し、ばさりと白衣を翻《ひるがえ》して、

「このワタシ、超天才マッドサイエンティスト、八隅夕子《やすみゆうこ》の仕業に決まっているだろう！」

幾千の解説を重ねるよりも、よほどわかりやすい自己紹介だったろう。

わたしにとって『大好きな自慢の姉』。

八隅夕子《やすみゆうこ》とは、このような人物だ。

頼れるお姉ちゃんって、感じだろう？

一緒に話しているだけで嬉《うれ》しくなってくる人なんだ。

「アハハハハハ！　さすがは夕子《ゆうこ》姉さんだ！　いやぁ～、今回ばかりは、さすがのわたしも驚いたぞ！」

「そうだろう、そうだろう！　首尾よくびっくりさせられたならワタシも嬉《うれ》しい！　サプライズプレゼントの甲斐《かい》があったというものだ。感謝するがいいぞ、フハハハハハ！」

「アハハハハハ！」

「フハハハハハ！」


「「ハーッハッハッハ！」」

日本屈指の仲良し姉弟（もう姉妹というべきだろうか？）であるわたしたちは、並んで高笑いをとどろかせるのであった。

そこで楓《かえで》が冷たく一言。

「黙りなさい」

黙った。

どうしてこう、こやつの声には、場を凍結させる力があるのだろう。

「夕子《ゆうこ》姉さん。私の質問に答えてください」

「……なぁ、千秋《ちあき》よ。なんで楓《かえで》は怒っているの？　怖いんだが？」

こっちに振らないで。

ほら、楓《かえで》のこめかみに血管がビキビキと浮き上がっている。

「余計な会話をしないように。端的に聞きます——私たちになにをしたんですか？」

「遺伝子をいじって性転換させたのだ！」

すごいでしょ、のポーズで、ぺたんこな胸を張る夕子《ゆうこ》姉さん。

見ていてとても微笑《ほほえ》ましいのだが、楓《かえで》はまったくほだされない。

「そ、そんなバカげたことができるはず……」

「できるとも！　いつも言っているだろう——この超天才マッドサイエンティスト、八隅夕子《やすみゆうこ》に不可能はないのだとっ！」

「……そうですか」

諦めたらしい。

楓《かえで》もさんざん思い知っているのだろう。

夕子《ゆうこ》姉さんの殺し文句が出た時点で、それ以上の追及は無意味だと。

「では、私たちに断りもなく、そのような施術をした理由は？」

「よくぞ聞いた！　ひとつめは、崇高なる実験のためだ。人類の進歩のためだ。ヒトの遺伝子を操作し、あらゆる病や寿命を克服し、姿形・年齢・性別すらも自由自在、果てには生命創造さえ恣《ほしいまま》にする——神の領域へと手を伸ばすためだとも！」

さすが夕子《ゆうこ》姉さん！

普段のわたしなら、高らかに褒《ほ》め称《たた》えていたことだろう……が。

「ククク、千秋《ちあき》、楓《かえで》——我が実験体に選ばれたことを、光栄に思うがいいぞ！」

「…………………………」

今日は楓《かえで》の血管がブチキレそうなので黙っておく。

妹は、ピキピキと表情を引きつらせながら、

「ひとつめ……ということは、ふたつめ以降があるんですね？　それはなんですか？」

「ふたつめは……」

夕子《ゆうこ》姉さんは、わたしたちを交互に眺めてから、優しい声でこう言った。

「愛する弟妹……つまり、おまえたちのためだ」

「わたしたちの……？」

「な、なぜ……こんな悪魔のような実験が、『私のため』になるというんです？」

夕子《ゆうこ》姉さんの次の台詞《せりふ》は、覚悟して聞いて欲しい。

そして、よく覚えていて欲しい。

なにせ『お姉ちゃんっ子』のわたしでさえ、理解不能で首をかしげたのだから。

「いや〜、おまえたち、最近仲が悪そうだったから――」

善意しかないイイ笑顔で、邪悪なる科学者は、いたって無邪気に言い放つ。


「性別を逆にしてやったら、仲直りできるかなって♪」


「「どういう理屈⁉」」

声を揃《そろ》えてツッコんでしまった。

我ら双子による、久方ぶりの共同作業だ。

「ふむ、さっそく効果があったようじゃないか？」

「ねーよ」

「ないです」

再び、今度は否定の言葉が揃《そろ》う。

姉さんの言い草があまりにも意味不明すぎて、男時代の乱雑な口調が出てしまいましたわよ。

ただひとつだけわかったのは……本当に悪気はなかった、というコト。

姉さんの場合、悪気があるなら、堂々と『悪気があったぞ！』と宣言するだろうから。

だからといって、許せるかというとそんなわけもなく。

「そんな……そんな……わけのわからない理由で……っ！」

楓《かえで》の怒りは、いまにも爆発せんばかりだ。

なのに夕子《ゆうこ》姉さんは、きょとんと不思議そうに妹を見ている。

「ほんとにわからんの？　千秋《ちあき》はともかく、楓《かえで》まで？」

「まったく、一切、これっぽっちもわかりません」

「ありゃ〜？　ワタシにしては珍しく、可愛《かわい》い妹のためにイイことしたなーって、自画自賛してたトコなのに」

「は？」

「こりゃいかん、まったく伝わってないよーじゃないか。んじゃあ説明するけども、楓《かえで》って、ものすごーく、ものすごーく、女の子にモテるから**ムグゥ**」

重要そうな説明が突如としてシャットアウトされた。

楓《かえで》が伸ばした片手によって、口をふさがれたからだ。

「そんなどうでもいい話はやめましょう」

「ムグゥ……ムグゥ………」

憐《あわ》れ夕子《ゆうこ》姉さんは、呼吸さえもままならず、もごもご苦しそうにうめいている。

「やれやれ……夕子《ゆうこ》姉さんの話を理解しようとする試み自体が無駄でしたね」

なぜか頬を紅潮させた楓《かえで》は、姉さんの口を解放するや、その手をあごに滑らせて、くい、と上向かせた。少女マンガのイケメンがよくやる仕草である。

「そんなことよりも……」

楓《かえで》はそのまま、姉さんを睨《にら》みつけて、

「戻れるんですよね？　元の身体《からだ》に」

「戻れないぞ？」

あまりにもアッサリとした返事だった。

わたしも楓《かえで》も、言葉を呑《の》み込み理解するまで、いくばくかのタイムラグがあった。

「……………………えっ？」

ぽつり、と、楓《かえで》の目に、涙の粒が生まれる。

「……じ、自分に不可能はないって……」

「そのとおり、ワタシに不可能などない。ンンっ、こう言い直そうか——実験に満足するまで、戻してやらんぞ、と」

ホラな。

八隅《やすみ》家の長女様は、悪気があるとき、こういう風に言う。

　これ以上なく、イジワルそうな笑顔でだ。

「クックック……そうだなァ、十分なデータが集まるまで……少なくとも数年は、その姿で生活してもらおうか！」

「相変わらず性格が最悪ですね……！　いますぐ戻してください！」

「やだ」

「くうっ……！」

　歯を食いしばる楓《かえで》を見てニヤニヤする夕子《ゆうこ》姉さん。

　このふたり、わりといつもこんな感じで痴話喧嘩《ちわげんか》しているのだが。

　今日のはさすがにやりすぎだ。

　わたしは夕子《ゆうこ》姉さんの背後に回り、両手で身体《からだ》を持ち上げてやった。

「ぬあっ！　ち、千秋《ちあき》!?　なんのつもりだ！」

　両足をジタバタさせる夕子《ゆうこ》姉さん。

「夕子《ゆうこ》姉さん、楓《かえで》を泣かせるなよ」

「べ、別に泣いてません！」

　いまにも泣きそうじゃないか。

　わたしは真面目な顔で、姉さんに向けて言う。

「実験なら、わたしがいくらでも付き合うから。楓《かえで》は戻してやってくれ。さもないと……」

「さもないと？　ふんっ、なんだというんだ？」

「嫌いになるぞ」

「……………えっ？」

「もう姉さんの好きなクリームシチューを作ってやらないぞ」

「クッ………ぐ………ぐ………し、しかしだな……せっかく苦労して……」

「もう二度と口を利《き》いてやらないぞ」

「ぐぬぬぬぬぅ～…………！」

しばし悔しそうに唸《うな》っていた姉さんは、やがてわたしに抱っこされたまま、だらりと脱力した。ちょうど持ち上げられた子猫みたいな有様《ありさま》だ。

「……や、やむをえん……楓《かえで》は戻してやる」

「ふぅ……」

言質《げんち》が取れたので、安堵《あんど》の息をはく。すぐとなりで、楓《かえで》も胸をなで下ろしていた。

わたしは抱き上げていた姉さんを地上へと下ろしてやり、

「やっぱり姉さんは、優しくて可愛《かわい》くて話がわかるな」

「ふふふふふ、まぁな！　まぁな～！」

着地した姉さんは、くるりと反転して向き直るや、わたしの顔に指を突きつける。

「だが千秋《ちあき》、おまえはだめだぞ！　ずぅ～っと、女の姿でいるがいい！」

……うーん。

「なぁ……夕子《ゆうこ》姉さん。『実験のため』だの、『おまえたちのため』だの言うわりに……なんだか私怨《しえん》がこもってないか？」

「ふんっ、こもっているとも、特大の恨みがな！　おまえたちを性転換させた理由、その三だ！」

指を三本立てた姉さんは、ぽっと頬を赤らめて、

「千秋《ちあき》……以前、おまえは『お姉ちゃんと結婚する』と言っていただろう」

「は？　なんの……いつの話だ？」

「八年くらい前かな」

「子供の頃の話じゃないか！　そんなん覚えているわけないだろ！」

「ワタシはよーく覚えているぞっ！　なぁにこのきゃわわな生き物ぉ～♡　って、衝撃を受けたからな！」

「忘れろそんな恥ずかしい記憶！」

「思い返せばあの頃から、千秋《ちあき》はお姉ちゃんっ子だった……。なのにどうだ、嘆かわしい。最近のおまえときたら、高校に入ったら初恋をしてみせるだの、いままでの人生で一度もときめいたことがないだのとのたまって……」

夕子《ゆうこ》姉さんは、涙の粒を飛ばし、大声を張り上げる。

「おまえの初恋はワタシだろがー！」

「そんなこと言われても！」

どう返したらいいのかわかんないよ！

「だいたい、いまの話と性転換実験になんの関係が？？？」

「フハハハハ女の姿では、とても恋愛などできまいっ！」

「逆恨みか！」

「うるさいうるさいうるさぁい！　この裏切り者め！　ふんっ、甘酸《あまず》っぱい青春の夢が破れて、さぞや悔しかろうな！　さあ、初恋のお姉ちゃんが恨み言を聞いてやるぞ！」

「美少女にしてくれてありがとう」

「ワハハハざまぁ！　それが聞きたかっ――――えっ、ありがとうって言った？　突然女にされたのに？」

「男だった頃からちっともモテてなかったし、よく考えたら別に状況は悪化してないなって。むしろ女になったことで、良《い》い方向に変わるかもしれない」

「前向きすぎて怖……」

青ざめて後退《あとずさ》りする姉さん。一方、わたしは堂々と一歩を踏み出し主張する。

「つまり、わたしの夢は、いっさい損なわれていないってことだ。なにひとつ方針は変わらないってことだ。ふふふ、思惑が外れて残念だったな」

「ま、まさか千秋《ちあき》……そのままで恋愛をするつもりなのか？」

「そうだ」

「女の子の姿で？」

「そう、超美少女の姿で」

「女の子と？」

「ああ、モテモテ高校生活を送ってみせる！」

改めて我が夢を宣言すると、姉さんはしばし呆然《ぼうぜん》とした後、フテくされたように、

「おまえ性別変わっても、なんっも変わっとらんな！」

そう吐き捨てた。


それから。

夕子《ゆうこ》姉さんは、部屋の奥からよくわからない謎の機材を運んできたり、机上のＰＣを操作したり、てきぱきと動き始めた。

幼く愛らしい容貌ではあるものの、仕事姿からは、デキる女性のオーラがゆらめいている。

「よし。楓《かえで》、こっちに来い。元の姿に戻してやる」

「…………………」

楓《かえで》は、警戒した様子で近づいていく。

夕子《ゆうこ》姉さんはそんな妹を見て、目をぱちくりさせる。

「ンン？　なぁ、いまさら気づいたんだが……楓《かえで》、おまえ——」

「……な、なんですか？」

「女から男になったはずなのに、ぜんぜん姿が変わってなくない？」

「…………………………」

「実験が失敗していた……性転換が起こっていない……のか？　いや……『元の姿に戻せ』とわめいていたしなぁ。だとすると……」

ムムム、と、考え込んでいた姉さんは、ぽんと手を叩《たた》いて、

「元から中性的な見てくれだったから、男になっても変わらんってコト？」

「違います！」

「じゃあなんだよ」

「…………………………」

言い辛《づら》そう……。

「ほほう、そんなに言いよどむような状況……なんだか面白そうじゃないか！」

「……明らかに妹の不幸を喜んでいますよね？」

「想定外の結果というのは、ワタシにとって宝箱のようなものだからな。——で？　楓《かえで》、おま

えの身体《からだ》になにが起こっている？　聞かせてもらわなきゃ、元に戻してはやれないぞ？」

「……か、下半身に……」

「どのあたりだ？　もっと具体的に、でかい声で言ってくれ」

「……ぅう」

言えるわけもない。

すまん楓《かえで》、デリケートすぎて助け舟は出せん。

口元をふにゃふにゃ波打たせていた楓《かえで》だったが、やがてヤケクソ気味に股間を指さした。

「ここ！」

「えっ？」


「ちんちんが生えちゃったのっ！」


「……そんなえっちな単語を大声で言うなよ」

「くぅ……っ！」

今日だけで楓《かえで》の歯が砕け散りそうだな。

クールな末妹からの意外な発言に、頬を染めつつ、からかっていた夕子《ゆうこ》姉さんだったが。

すぐに調子を取り戻すや、楓《かえで》の下半身に視線を向ける。

「なる、ほど、な――」

でもって心底嬉《うれ》しそうに、表情を輝かせる。

「ふはっ、一部分だけの性転換とは、興味深い結果じゃあないか！　やはり実験体におまえを選んで大正解だったようだ！」

「姉さんを喜ばせるためになったわけじゃありません――一刻も早く戻してください！」

「わかっているとも。だが、検査だけはさせてもらうぞ。ワタシの研究欲を満たすため――」

楓《かえで》にジロリと睨《にら》まれて、

「――もとい、可愛《かわい》い妹を元に戻してやるためにな！」

そういうことになった。

わたしは部屋を出て、楓《かえで》の検査を廊下で待つことに。


「ふっふっふっふっ…………では、さっそく患部を見せてもらおうか！」


夕子《ゆうこ》姉さんの超嬉《うれ》しそうな声が、廊下にまで聞こえてくる。

「おいおい、なにを恥ずかしがっているんだ楓《かえで》……家族相手に」

「…………」

「ン？　ワタシか？　いまさらこの程度のコトで動揺するわけないだろう――ふっ、大人の女性だからなっ！　だいたい男のチンチンなんぞ見慣れている。千秋《ちあき》がガキの頃、研究のためにさんざんイジくってやったものだ」

むちゃくちゃ聞き捨てならない話をしているな。

どうやら後で問《と》い質《ただ》さねばならんことができたようだ。

聞き取れない楓《かえで》の声と、よく聞こえる夕子《ゆうこ》姉さんの声が、交互に聞こえてくる。

それがしばし続き、やがて。

「よし……ようやく覚悟を決めたようだな。……だからなんなんだその警告は……まるでワタシがこれから慌てふためくかのように……意味がわからん。大丈夫だと言っているだろう。いいから早く出せ――――エッ？」

一瞬の静寂の後、

「みぎゃああ！」

案の定、夕子《ゆうこ》姉さんの絶叫が響き渡る。
中でなにがあったのかなんて、察するまでもなかった。

「入るぞ、姉さん」
何度ノックしても反応がないので、やむなく無許可で室内へ。

悲鳴の原因がわかりきっているとはいえ、万が一ということもある。

放置して、ただ待っていることはできなかった。

「夕子《ゆうこ》姉さん。……大丈夫か？」

彼女の姿はすぐに見つかった。診察用のベッドに力なく腰かけ、涙目で放心している。

ぎこちない動作でわたしを見て、

「千秋《ちあき》ぃ……なにあれぇ……あんなの知らないぃ……」

まったく大丈夫じゃなさそう。

いつも威勢の良《い》い姉さんが、しおらしくなってしまっている。

「強引に脱がしたら、ワタシの目の前で……きゅ、急に大きく……」

「説明しなくていい！」

「なんであんなコトに？？？　性的に興奮しないと変化しないものなのでは？？？」

半泣きで大混乱している姉さんを責めることはできまい。

初見では、驚きのあまり、わたしも無様をさらしたからな。

コメントに困る質問を華麗にスルーしたわたしは、部屋を見回して、

「それで、楓《かえで》は？」

「隣の部屋で泣いてる」

「かわいそうに……」

様子は見ないでおいてやろう。

余程のことでもなければ動揺しない、狼狽《うろた》えないのが我々なのに……本当に今朝は散々だ。

「検査は?」

「……中断してしまったからな。やり直しだ」

——というわけで、仕切り直し。

わたしは再び廊下に戻り、しばし待機。

一分……五分……十分ほどが経《た》っても、なんら事態に変化はない。

まあ、検査の中断前に起こったであろう出来事を思えば、やむを得ないだろう。

患部を確認して、検査する。

たったそれだけのことが、いまや超難関ミッションだ。

さらに待つこと数分、ようやく事態が動き始める。

「元に戻してくれるって言いましたよね!」

だの、

「検査でもなんでも、早くすればいいじゃないですか!」

だの、ヤケクソ気味の楓《かえで》の声。続いて姉さんのすすり泣く声が聞こえてきた。

……い、いたたまれない。

「……千秋《ちあき》、入っていいぞ」

再びわたしが呼ばれたのは、それからさらに二十分後のことだった。

入室したわたしの前には、やや疲れた様子の夕子《ゆうこ》姉さんと、

「治りましたぁ〜〜〜〜！」


キャラが崩壊する勢いで、無邪気なバンザイジャンプをする楓《かえで》の姿があった。

こんな笑顔の妹、見たことない！

「はぁぁ〜〜〜〜！　よかった……よかった……よかったぁ……」

安堵《あんど》の涙が、彼女の頰を伝っていく。

一方、夕子《ゆうこ》姉さんは、実験体が減って心なしか残念そう。

「はぁ……想定通りの結果だ。ワタシに感謝するがいいぞ、楓《かえで》」

「元凶のくせに、よくもそんな偉そうなことが言えますね。——呪いこそすれ、感謝などありえません」

楓《かえで》も夕子《ゆうこ》姉さんも、いつも通りの態度で、まるで何事もなかったかのように振る舞っている。

もちろんわたしも、蒸し返すような藪蛇《やぶへび》はしない。

「ふふ……ともあれ……これで私は、夕子《ゆうこ》姉さんのおぞましい実験から逃れ、完全に無関係になった、ということです」

「一応、経過観察くらいはさせてもらうぞ」

「……そのくらいなら」

ふたりのやり取りはそこで止まり、姉さんの視線がわたしへと移動した。

「千秋《ちあき》、おまえは今後もワタシの実験に協力してくれるのだよな？」

「ああ、約束したからな。――といっても、なにをすればいいんだ？」

「ひとまず学校に行って、普通に暮らしてくれればいい。詳しくは後で打ち合わせよう」

「了解。って、学校……学校かぁ……」

そういえば今日は、入学式当日だった。

さて。さて、さて、さて――

八隅千秋《やすみちあき》は、はたして学校へと行くことができるのか？

ずっと後回しにしてきた大問題を口に出そうとしたところで。

先んじて楓《かえで》が割り込んできた。

「八隅《やすみ》くん、その姿のままどうやって登校するつもりかは知りませんけど」

鞄《かばん》を手に持ち、さあこれから学校へ行くぞという態勢で、

「学校では、話しかけてこないでくださいね」

早足で去っていく。

「……元に戻れてよかったな、楓《かえで》」

ふいの大騒動をきっかけに、少しは近づいたかと思いきや。

我ら双子の邂逅《かいこう》は、夢幻のごとくなり。

気を取り直していこうじゃないか。
ここからは学園編だ！
女になってしまったわたしが、どのような経緯で学校に通えることになったのか。
手続きやら名前やら、アレやコレやはどーなっているのか。
気になる方もいるだろうが、まずはわたしの晴れ舞台を楽しんで欲しい。
大事件のあった早朝から、少しばかり時間が進み。
記念すべき人生の門出、入学式が始まった。
新入生入場からの国歌斉唱。
続いて、
「新入生のみなさん、入学おめでとうございます――」
入学許可宣言やら式辞やら。
いたって普通のプログラムだ。
そんな入学式の最中、我が妹・楓《かえで》は、最前列の席に座っている。
びしっと背筋の伸びた、凛々《りり》しい姿だ。

今朝、涙目で股間を押さえて狼狽《うろた》えていた女と同一人物だとはとても思えない。

なんて妹を見つめるこのわたしは、もちろん女の姿のまま——体育館の前方、壇上へと上がる階段の前に控えている。

新入生代表として、挨拶をするためにだ。

入試では首席だったので、もとより予定通りではあるのだが……。

「なにを話すんだったかな」

朝から色々ありすぎて、ド忘れしてしまったぞ。


「——新入生代表、八隅《やすみ》千秋《ちあき》さん」


おっと、名前を呼ばれてしまった。

諸々《もろもろ》の祝辞やらなにやらは、いつの間にか終わってしまったらしい。

ふぅむ……どうやら思い出している時間も、じっくり考えている時間もないな。

「アドリブでやるしかないか」

入学にあたって……抱負や思いを、わたし自身の言葉で語ればいい。

気の利《き》いた台詞《せりふ》にはならないだろうが、そのぶん気持ちはこもるだろう。

「よし、いくか！」

ぱん、と、掌《てのひら》に拳を突き入れ一歩を踏み出す。
壇上へと上り、歩き、中央で止まる。
ゆっくりと、全校生徒を見渡した。
「皆さん、はじめまして。八隅《やすみ》千秋《ちあき》と申します――」
皆の注目が、わたしの一身に集まってくる。
静寂で満たされていた場が、大きくざわめく。
感嘆のため息をつくもの。
息を吞《の》み、目を見張るもの。
我が身に数多《あまた》降り注ぐ、憧れのまなざし。
この一瞬で、何人が一目惚れをしたのだろう？
フッ……フフフ……ハハハ……イイッ！　とても清々《すがすが》しい気分だッ！
「本日は、素晴らしい式を開いていただき、ありがとうございます――」
ぐっと背筋を伸ばした拍子に、ブレザーのボタンが弾《はじ》け飛んだ。
おのれ……！　借り物でサイズが合ってないから……！
ブレザーどころか、シャツのボタンもパツンパツンじゃないか！
ってか、名乗るのは最後なんだっけ？　時候の挨拶もすっ飛ばしてしまったぞ。
無数のトラブルが降り注ぐが、もちろんわたしは狼狽《うろた》えない。

この程度の予想外なぞ、妹にチンが生えたのと比べれば些事《さじ》も些事《さじ》よ。

いけるいける。自信満々、笑顔でＧＯ。

「わたしには、三年間の学園生活の中で、成し遂げたいことがございます――」

全力の笑顔で、わたしの抱負を皆に告げる。

「それは、初恋を知ること」

先よりも、さらに大きなざわめき。

「わたしの心をときめかせてくれる、運命の相手と出逢《であ》うこと」

入学式にそぐわぬほどの動揺が、全校生徒の間に走る。

「その手をつかみ、抱き寄せること――」

わたしは真剣に皆を見つめ、大きな身振りで掌《てのひら》を差し出す。

その拍子に、またしてもブチィという破裂音が聞こえたが。

「果たしてこの場にいる皆さんのうちの誰かなのか……男性なのか、女性なのか、それさえもわかりません。何故《なぜ》ならわたしは、生まれてから一度だって、ときめいたことなどないのですから」

思いっきり胸を張って、構わず続ける。

我が口からまろび出る一人語りを、すでに挨拶とすら呼べそうにない自己中心的な演説を。

誰もが聞き入っているようだった。

唖然《あぜん》とする教師たちがいた。

頬を赤らめ、黄色い悲鳴を上げる女生徒たちがいた。

口笛を吹いて色めく男子生徒たちがいた。

必死に股間を押さえる妹の顔だけが、悪鬼の様相を呈していた。

「それでも、きっと夢を叶《かな》えてみせます」

わたしは、とても気持ちよかった。

「全身全霊をもって、初恋をつかみ取ることを誓います！」

新入生代表、八隅《やすみ》千秋《ちあき》。

後年、遥《はる》か先の未来にて。

今日の挨拶は伝説として、生徒たちの間でこのように語られたという。

八隅《やすみ》会長のノーブラ演説事件、と。

2章

「どういうことですかッ！」

楓《かえで》の怒声が、特大音量で保健室にとどろいた。

「元に戻ったって言ったのにっ！　ちゃんと消えたはずなのにぃっ！」

我が妹が、股間を押さえて、涙ながらに詰め寄っている相手はもちろん。

元凶たる夕子《ゆうこ》姉さんだ。

なんでこの人が学校にいるのか、とか。あれからどうなったのか、とか。

状況を詳しく説明したいが、それどころじゃなさすぎる。

ひとまず重大事項だけ伝えるならば、

「またしても、ちんちんが生えてきた、と」

姉さんがつぶやいた一言がすべてだろう。

「……うっ……うっ……ぅぅ……」

今朝だけで、楓《かえで》の涙を十年ぶんくらい見た気がする。

いつも厳しい態度を取られているとはいえ、心が痛んでしょうがない。

「フムゥ……フムゥ………」

さすがの姉さんも同感なのか、『予想外の結果』にウキウキするようなことはなかった。

楓《かえで》はスカートの前を、両手でギュッときつく押さえているのだが。

夕子《ゆうこ》姉さんはそこをジッと見つめながら、しばし考え込んでいた。

やがて口を開いて一言。

「ははぁ〜……ど〜やら、完全には戻らなかったようだなぁ」

「『ようだな』って！　そんな！　無責任な！」

「すまんすまん。いや、ほんとに悪いと思ってるぞ」

「言葉も態度も表情も！　なにもかもが軽いです！　私っ、あやうく人生が終わるところだったんですよ！」

入学式中に、いきなり生えてきたんだものな。

ギューン！　と、最初からゲージMAXフルパワー状態で。

男でも難儀する状況なのに、初心者の女の子がいきなり対処できるはずもない。

わたしが壇上から真っ先に気付かなかったら、どうなっていたことか。

今頃、ネットリテラシーの低い生徒にスマホで撮影されて、恥ずかしい画像が拡散されてしまっていたかもしれない。

もっとも……夕子《ゆうこ》姉さんなら、そんな状況さえもなんとかできるのかもしれないが。

わたしとしては、家族をそもそもそんな目に遭わせたくはないのだ。

楓《かえで》の窮地を発見したわたしは、代表挨拶を終えるや『従姉妹《いとこ》の気分が悪いようなので』と教師に断りを入れ、楓《かえで》を連れて、夕子《ゆうこ》姉さんの待つ保健室へと退避してきた……という次第である。

「だからすまんて。なるべく早く元に戻してやるから」

「すぐには戻せないってことですか⁉」

夕子《ゆうこ》姉さんが、怒り泣きしている楓《かえで》に詰められている間に、もうすこし説明しておこう。

さっき後回しにした、これまでの経緯をだ。

夕子《ゆうこ》姉さんが、なぜ学校にいるのか。

女になった八隅《やすみ》千秋《ちあき》が、どのようにして学校に通えるようになったのか。

時は、入学式前までさかのぼる……。

さあ、過去回想を始めよう。

楓《かえで》から借りたジャージ一枚だけで下着すらはいていなかったわたしは、登校するにあたって、楓《かえで》ともども、夕子《ゆうこ》姉さんに車で送ってもらうことになった。

その際、車内にて、こんな会話をしたのだ。

夕子《ゆうこ》姉さんは、上機嫌でハンドルを握りながら、助手席に座るわたしにこう切り出した。

「なぁなぁ千秋《ちあき》ぃ、女としての名前、どーする？」

「いまの名前をそのまま使いたいな。気に入ってるんだ」

「同じ学校に、中学時代の知り合いとかおるの？」

「数人だけ」

「んー、ならまぁ、いけるか。まさか同一人物だとは思わんだろう。——よし、こうしよう。新たなおまえは八隅《やすみ》千秋《ちあき》、性別女、楓《かえで》とは従姉妹《いとこ》同士で、遠方に住んでいたが、こっちの学校に通うため、これから三年間、同じ家で暮らすことになった。この設定を覚えておけっ！」

「男の『八隅《やすみ》千秋《ちあき》』がいなくなるが、その件について、もし聞かれたらどうする？」

「急に思い立って海外留学したことにでもするか」

「そんな雑な理由で……納得するかな？」

「千秋《ちあき》と親しい人間ほど、深く納得すると思うぞ。——楓《かえで》はどう思う？」

「せっかくなので、旅先で死んだことにしたいです」

なんでそういうコト言うの？

バックミラー越しに睨《にら》んでやると、後部座席の楓《かえで》は、悪びれもせずそっぽを向いた。

くそう……弱みが消え失《う》せた途端《きかい》、すっかり元に戻りおって。

楓《かえで》は、こちらに視線を向けぬまま、

「そもそも……女としての名前をどうするか、なんてことよりも……もっと重大な問題があると思いますけど？」

「まぁ……そうだよなぁ」

女になっちゃったのに、どうやって学校に行くのか？

女の子・八隅《やすみ》千秋《あき》ちゃんには、そもそも学籍がない。

いまさらすぎる問題提起に、姉さんは悠々とハンドルをさばきながら、

「ふふふバカめ。そんな些事《さじ》、ワタシにとってはなんの問題にもならんのだ！　お姉ちゃんがうまいことやっておいたから、安心してその姿で登校するといいぞっ！」

逆に不安になってきたな。

毎度のことだが、あまりにも説明が少なすぎる。

「つーかあそこの理事長、ワタシの同級生だし、二十年前から絶対服従だし」

「夕子《ゆうこ》姉さんと幼馴染《おさななじみ》だなんて最悪ですね……かわいそう」

楓《かえで》は本気で同情していた。

罵倒された姉さんはどこ吹く風で、

「あいつには朝早くから電話して、迷惑をかけてしまったなー。おまえたちも感謝しておけよ」

「……申し訳なく思うポイントはそこじゃないと思います」

「あっ、そうだ。今日からワタシも、おまえたちの学校に通うからな。保健の先生として」

さらっと言われたので、わたしも楓《かえで》も反応が遅れてしまった。

「夕子《ゆうこ》姉さんが……保健の先生？　……どういうことですか？」

「大丈夫なのか？　姉さん人見知りなのに」

我が家の長女様は、超がたくさん付くほどの内弁慶で、宅配便にも出てくれない。

『なんか怖いからイヤッ！』という理由でだ。

とうてい学校勤務がつとまるとは思えなかった。

わたしたちが疑問と心配を投げかけると、夕子《ゆうこ》姉さんは、にひひと笑って、

「もちろん大丈夫ではなーい、が、やむをえまい。天才マッドサイエンティストたるもの、なるべく実験体のそばで観察せねばならんからな」

実験体とは、もちろん女にされた八隅《やすみ》千秋《ちあき》ちゃんのことである。

「安心しろ、ちゃんとした保健医はもちろん別にいる。あくまでワタシは、肩書きと活動場所を確保しただけだ」

旧校舎の第二保健室。

そこが、天才マッドサイエンティスト・八隅夕子《やすみゆうこ》の新拠点なのだという。

いわば悪の研究所・出張版だ。

「ふっふっふっ……さっそく後で機材を運び込まねば……千秋《ちあき》、おまえも手伝うんだぞ！」

「任せておけ」

「夕子《ゆうこ》姉さん」

わたしたちの会話が一区切りしたところで、楓《かえで》が言った。

「学校で仕事をするのなら、いい機会ですから、昼夜逆転生活を直したらどうです？」

「ムムゥ……じゃあ今日からは、ちゃんと家に帰って寝る……」

「夜九時には就寝するように。食生活も改善しましょう。ジャンクフードばかりでは、身体《からだ》によくありませんから……姉さん？　聞いてますか？」

「うぅ……助けて千秋《ちあき》ぃ」

　そうやって。

　女になった八隅《やすみ》千秋《ちあき》がどうやって学校に通うのか。

　わたしが悩んでいた大問題は、それ以上の理不尽の前に、あえなく流れていったのである。

　過去回想を終えると、

「だ〜か〜ら〜、原因を調べないとどうにもならんと言っているだろ〜！」

「ふ、『不可能はない』って……あれだけ自信満々に言っていたくせに！」

　我が姉妹の口論は、まだ続いていた。

「ふ、不可能じゃないも〜ん！　時間と準備が必要ってだけだも〜ん！」

　などと子供のような言い訳をしつつ、末妹の剣幕に怯《ひる》んでいる夕子《ゆうこ》姉さん。

「む〜、こうなればやむを得ん」

ぴしりと指先を相手に向けて、

「楓《かえで》、おまえも実験に協力しろ！」

「なっ……」

「実験データが集まれば、いずれ完全に、女の身体《からだ》に戻す方法も見つかるだろう」

「いずれ⁉　そんな……」

「それが元の姿に戻る、一番の早道だ」

「くっ…………ぐ…………………！」

わなわなと拳を握りしめ、立ち尽くしたまま歯を食いしばる楓《かえで》。

「わかりました……それしか手がないのなら……私、なんだって！」

「ウム、素直でよろしい。んじゃあさっそく実験だ！」

ぱぁっと笑顔になった夕子《ゆうこ》姉さんは、楓《かえで》の股間を指さして、

「まずは、その状態を治してみよう」

「……な、治せるんですか？　時間がかかると……」

「『確実に二度と生えないようにする』のには時間がかかるという意味で、再発前の状態に戻すだけならすぐにできると思うぞ」

「！　方法は……」

「それは…………………」

夕子《ゆうこ》姉さんは、おもむろに腕を組んで、なにやら思わせぶりに考え込んだ。

やがて口を開き、

「……千秋《ちあき》に聞きたいところだな」

「えっ？　わたし？　なんで？」

急に話を振られたわたしは、自分の顔を指差し当惑する。

「専門家でもなんでもないのに、なにを教えられるっていうんだ？」

わたしの問いに、姉さんは、わずかに頬を赤らめながら、ぼそりとつぶやいた。

「でっかくなったちんちんを、ちっちゃくする方法」

「…………………………」

ぜひとも一緒に考えて欲しい。

これ、どう答えりゃいいの？

「ん～～～～～～～～～～～～～～ん～～～～～～～～～～～～～～～」

腕を組んでうなるわたし。

悩める理由はもちろん『知らないから教えられない』ではなく。

『知ってるけど、めっちゃ教えにくい』である。

わたしは、たっぷり三十秒以上悩んでから、ひとまずの時間稼ぎを試みた。

「……それで、その……ちいさくすると……戻るわけ？　完全な女の身体《からだ》に」

ションボリしたちんちんが残っちゃいそうな気がするんだけど。

「たぶんな」

と、夕子《ゆうこ》姉さん。

時間稼ぎにもならなかったが、そう言われたら覚悟を決めざるを得ない。

「……いいだろう、教えてやろうじゃないか」

重々しく切り出した。

「全長二十センチオーバーにまで巨大化した怪物……そいつを鎮《しず》める方法をな」

「変な言い方しないでください！」

ストレートに言うともっと怒るじゃないか。

わたしは姉さんを見て、いたって真面目な口調で言う。

「『困難だが確実な方法』と『簡単に試せるが確実ではない方法』があるんだが――」

「とーぜん確実な方だなっ！」

そう言うだろうと思った……。

わたしは、これから始まる会話を想《おも》い、心を曇らせる。

「じゃあちょっと部屋の隅っこまで来てくれ」

「なになに？　なんだというんだ……？」

わたしは姉さんの肩を抱くようにして、楓《かえで》から離れる。

そうして、おもむろにスマホを操作し、とある画面を姉さんに見せた。

「なんだ？　これは？」

「わたしが所有しているえっちな本の電子書籍だ」

「高校生がこんなの持ってちゃだめだろー！」

「マッドサイエンティストにだけは言われたくない！　わたしだって苦渋の決断だったんだぞ！」

「初恋のお姉ちゃんにこんなものを見せつけてどういうつもり？？？」

「口頭で説明するのがどうにも無理だから、マンガを通して教えようとしているんじゃないか。『こうするとちいさくなるよ』と――」

「は～～～～～？」

夕子《ゆうこ》姉さんは、赤面しつつ『ちいさくする方法』を読み進める……。

真顔で一言。

「だれがやるのコレ？」

「姉さんに決まってるだろ、元凶なんだから」

「無理無理無理無理無理！　ぜ～ったい無理ぃ！」

半泣きで拒絶する夕子《ゆうこ》姉さん。

いみじくも、えっちな本みたいな台詞《せりふ》だった。

我々のやり取り、えっちな本をぜんぜん読まない健全な方には、ま～ったく伝わらないかもしれないが……が！　補足説明などはしない……ご了承いただこう……。

依然として半泣きの姉さんは、ぐすっと鼻を鳴らして、

「……………ち、千秋《ちあき》がやれば？」

「楓《かえで》に説明するのは姉さんだからな？」

「こんなんどう説明すればいいんだよ！　殺されるわー！」

「それがさっきまでのわたしの気持ちなんだって！」

しばしそのままもめていると、

「あの……不穏な会話が漏れ聞こえてきて、すごく不安なんですが……」

「ひえっ！」

急に楓《かえで》に声を掛けられて、びくっと肩を跳ねさせる姉さん。

「ななな、なんでもないぞっ！　困難な方法とやらがガチのマジで超困難だったから、違う方法にしようねっていうだけで……！」

「そ、そうですか……なるべく早くお願いします……その……苦しくて……」

そりゃあ苦しいだろう。

さっきから結構な時間、楓《かえで》の股間はフルパワーを維持している。

実はひそかに期待していたのだ。

『そのうち自然にちいさくならんかな?』って。

皆さんもよく知るとおり(万が一、よく知らないのなら申し訳ない)、ふいに大きくなってしまったときの基本的な対処法はこれだから。

でもだめっぽい。

一向に衰える様子がないよ。

「仕方がない……『簡単に試せるが確実ではない方法』をやってみよう」

「ど、どういう方法です?」

楓《かえで》は『今度は私も聞きますからね!』と言わんばかりに、顔を近づけてくる。

「そうだな、幾つか方法は考えられるが……」

今度のは、本人に言っても問題ないだろう。

わたしは、うん、と、頷《うなず》いて、人差し指を立てる。

「目をつむって大嫌いな人の顔を思い浮かべるんだ」

「『大嫌いな人』……?」

「そう、見るだけでゲンナリしちゃうようなやつの顔を思い浮かべて……心を曇らせる。効果があるかもしれない。確実じゃあ、ないけれど」

そんなソフトなアドバイスを、楓《かえで》は真剣に聴いていた。

彼女は、わたしを真っすぐ見つめながら……しばし考え込んでいた。

ギュッと両目をつむって、

「やってみます」

大嫌いなやつの顔を思い浮かべているのだろう。

興奮状態だった楓《かえで》の顔が、おそらくは怒りによって、さらに火照《ほて》ったように赤く染まっていく。

やがて……。

「ど、どうですか……？　消えましたか……？」

楓《かえで》の股間に、変化があった。

あった、のだが……。

「…………………………」

あまりの出来事に、わたしは返事さえできず絶句してしまう。

代わりに夕子《ゆうこ》姉さんが、震える声でつぶやいた。

「な、なぁ……もっとでかくなってない？」

「は？　そんなわ、け……」

楓《かえで》は、目を開けるやそのまま硬直してしまう。

林檎《りんご》みたいな顔色でだ。

処置が完全に逆効果になるというわけのわからない状況で、夕子《ゆうこ》姉さんは不思議そうに問うた。

「おまえ、いったいなにを想像して――」

「知りませんっ！」

騒動が収まったのは、それから十分後のことだ。

最終的に、怒れる怪物を鎮《しず》めたのは、わたしのソフトなアドバイスではなく、えっちな本みたいな献身でもなく。もっと物理的な処置であった。

「おっ、今度こそ消えた？」

「……はい。……その、よう、ですね……」

楓《かえで》は椅子に座った体勢で、タオルに包んだ氷まくらを、患部に当てている。

なんともシンプルだが……冷やすことで、鎮《しず》めることができたようだ。

ううむ、不思議だ……本当に、ちいさくなると消えるらしい。

消える瞬間とか、どうなってんだろうコレ……？

見せてくれとも言えないし……。聞いたら怒るだろうし……。

「ふぅ……さ、最初から……こうしておけば……」

疲れ切った吐息を漏らす楓《かえで》。その声には、安堵《あんど》の色が含まれている。

「ン、ともあれ……ひとまずの対処法がわかったわけだ」

一歩前進だな、と、夕子《ゆうこ》姉さん。

「なにか冷やすものを携帯すれば、問題なく学校にも通えるだろう。まぁ、気を付けることは多そうだがな」

「そう、です、ね……そこは、安心しました」

「日中、ワタシはここにいる。なにかあったら来ればいい。念のため、着替えもここでするように。怪しまれないよう適当に理由を作っておくから。トイレもそこにある」

「はい……って……もしかして……八隅《やすみ》くんもですか？」

「そりゃ、女子と一緒に着替えさせるわけにはいかんだろ」

ときおり正気に戻るんだよな、この人。

勝手に家族の性別を変えておいて、急にまともなことを言われても反応に困る。

「わ、私と一緒に……着替えることになるじゃないですか！」

「別にいいじゃないか、きょうだいなんだし」

「まったくよくありません！　大嫌いな人と同じ部屋で着替えるなんて――」

そこで、はっ！　とした楓《かえで》は、何故《なぜ》かぐるりとわたしを見て、

「私には、大っ嫌いな人がたくさんいますから！」

「……お、おう」

謎の宣言すぎる。

「だいたいですね、八隅《やすみ》くん、あなた――」

わたしが深く考えるのを防ぐかのように、楓《かえで》はさらに畳みかけてくる。

「なんでブラジャーを付けていないんですか！」

「持ってないから」

「クッ……！」

完全なる答えを返された楓《かえで》は、防御態勢で歯を食いしばる。

一方、わたしはいたって冷静に、

「足りないものは今日中になんとかすれば、明日からは大丈夫だろう」

「…………」

なにか言いたげに目を細める楓《かえで》。

わたしはニヤリと笑みを浮かべ、

「新入生代表の挨拶もバッチリ決めたし――うん、女子高生一日目としては、上出来だったな！　フッ、さすがわたし」

「……そ……そ……」

「そ？」

「そんなわけがありますか！　あんな破廉恥な姿で壇上に……！」

「い、いやいや……ボタンが外れたのは想定外のトラブルだったし……」

「ブラ付けてないの、全校生徒が気付いてましたからね！」

「……遠くから見られただけだからセーフ？」

「完全にアウトですっ！　体育館のモニターにしっかりアップで映っていました！　ノーブラで演説するバカ女だと思われましたよ、きっと！」

アウトかあ……。そういやあったね、大きなモニターが。

「過ぎたことはしょうがないな。切り替えていこう」

「だからそういうところが嫌いだと……ふん……まぁ、八隅《やすみ》くんが周囲にどう思われようが、私には関係ありませんけど」

そっぽを向いて帰り支度を始める楓《かえで》。

そこに夕子《ゆうこ》姉さんが声をかける。

「楓《かえで》、ちょっと待て」

「なんですか？」

「千秋《ちあき》と買い物にいってこい。ひとりじゃなにが必要かもわからないだろうからな」

「な……」

ものすごく嫌そうにわたしを見る楓《かえで》。

そんな妹に、わたしは手を合わせて、

「よろしく頼む！」

「……はぁ。わかりました。一緒に、女性として暮らすにあたって必要なものを準備しましょう」

楓《かえで》は、諦めたように肩を落とす。

「同級生の女の子を、二度と……今日のような格好で登校させるわけにはいきませんから」

八隅《やすみ》千秋《あき》と八隅《やすみ》楓《かえで》。きょうだいふたりで買い物をする。

何年ぶりかわからない、奇妙な状況だった。


一度家に帰ってから準備をし、最寄駅《もよりえき》から電車に乗って、やってきたのは越谷《こしがや》にあるショッピングモール。

駅から出るとすぐ見えるそこへ、姉妹揃《そろ》って歩いていく。

キャップにジャージという姿のわたしは、うきうき気分で歩を進める。

きょろきょろ周囲を見回しながら、

「めちゃくちゃ晴れてきたなー！　絶好のデート日和だ！　なっ、楓《かえで》！」

「………………」

楓《かえで》は、フレンドリーなお姉ちゃんを完全無視で、スタスタ歩いていってしまう。

「なー、楓《かえで》」

「………………………」

ずんずん前を歩く楓《かえで》は、急にぴたりと停止して、わたしに背を向けたまま、

「楓《かえで》ってばー」

「……なんですか」

「あんま先いくなよ。久しぶりのきょうだいデートなんだから、並んで歩こう」

「デートではありません。やむを得ない事情で買い物に付き合うだけです」

「手ぇつなぐー？」

「つなぎません」

にべもない。

「ほら、行きますよ。嫌なことは早く済ませましょう」

なんだかんだ言いつつ、歩くペースを落としてくれる。

『楓《かえで》が女の子には優しい』という予想は、当たりかもしれない。

「まずは八隅《やすみ》くんの服からです」

女性服の売り場にて。

「私がすべて選びますが、構いませんね」

「あー、ぜんぶ任せるよ……わかんないし」

「では、試着室の前で待っていてください」

「はい」

初心者女の子であるわたしは、ベテラン女の子の言うがままになるしかない。

テキパキと動く妹を遠目で眺めながら、大人しく待つ。

すると楓《かえで》は、いくつもの服を持ってきた。

「八隅《やすみ》くん、この服を試着してください」

どさっ。

「はい」

「これとこれも」

どさどさっ。

「はいはい」

「あと、これとこれとこれも……ですね」

どさどさどさっ。

「……ウッス」

次々に服を渡されて、若干気圧《けお》されるわたし。

試着室に入り、カーテンを閉める。

「サイズはどうですか？」

「ぜんぶぴったり。すごいな……この身体《からだ》になってからサイズを測ってないのに、よく……」

「たまたまです。目測で選んだら、ちょうどよかったというだけで。――それより、直接見せてください。自己申告だけでは不確実ですから」

「うん」

わたしは一気にカーテンを開き、おめかしした姿を楓《かえで》に披露した。

「じゃーん、どーよぉ！　可愛《かわい》かろ～？」

思いっきり自慢する。

まあ、楓《かえで》のことだから、『別に』とか『いいえ』とか、否定の言葉が返ってくるんだろうなーと思っていたら。

「うん、よく似合っていますよ」

「……そ、そうか。ありがとう」

真顔で褒められて、困ってしまう。

あー……かっこいいな、こいつ。

こりゃモテるわ。

妙に暑い気がした。

わたしは照れ臭くなってしまって、妹から目を離し、自分の髪をいじいじする。

それから、たっぷり三十分以上をかけて、すべての試着を済ませ……。

「では、支払いを済ませて、『次』にいきましょう」

「えっ？　まだ買うの？」

「もちろん」

「さっき持ってきたやつ……ぜんぶ買うのに？」

「そうだと言っています。女の子になったんですから、最低限の服を揃《そろ》えなければ」

「……はぁい」

これで最低限……。

女の子の服って、たくさん必要なのね。

わたしは妹に連れられ、次々に店をはしごしていく。

気分は着せ替え人形だ。

楓《かえで》がまるで念入りに予習してきたかのような手際《てぎわ》の良さで、わたしに似合う可愛《かわい》い服を選び、渡してくる。でもって言われるがままに試着して、見せて――

「大人っぽい印象で、とてもいいと思います」

「この組み合わせ、いま流行《はや》りのものなんですよ」

「へえ……スタイルが良《い》いと、なんでも似合いますね」


おや……これは夢なのかな？

あの楓《かえで》が。スーパークールでお兄ちゃんにメチャ厳しい我が妹が。

わたしのために真剣に服を選び、おそらくは本心から——褒めてくれる。

少女マンガの王子様めいた、超綺麗《きれい》なお顔でだ。

ショッピングモールの入り口で、わたし自身が、冗談交じりに言ったことだが。

完全にデートでは？？？

それとも女の子同士の買い物って、こういうものなの？？？

「むー……」

「どうしたんですか、八隅《やすみ》くん」

涼しい顔をしおって。どーも照れ臭いのはこっちばかりの様子。

わたしはごまかすように、

「さっきから高い服ばかり買っているようだから」

「気にしなくていいです。お金、夕子《ゆうこ》姉さんからもらっていますし」

「そ、そっか」

会計の時、財布からお金を払うのも、楓《かえで》なんだよね。

超美少女が超美少女に、高価な服をがんがん買ってあげている、という謎の光景。

はたして店員さんたちから、どう思われているのだろう……？

「つ、次！　次はどこにいくんだ？」

「そうですね………次は………」

ずっとクールな真顔をキープしていた楓《かえで》が、嫌そうに困り眉を作った。

「……下着売り場、です」


昨日まで男だったわたしが、妹と一緒に、下着売り場で買い物をする。

楽天的なわたしでも、さすがに気まずい状況だ。

「………では、先ほどと同じ手はずで」

「了解」

あまりにも気まずすぎて、スパイみたいなやり取りになってしまう。

わたしは試着室前で待機。

楓《かえで》は頬を染めながらも迅速に、わたしのブラジャーやショーツ……などなどを選んでいる。

気を利《き》かせた店員さんのサポートを跳ねのける勢いでだ。

やがて妹は戻ってきて、恥ずかしそうにソレを差し出してきた。

「八隅《やすみ》くん……これで」

「う、うむ」

最低限の言葉を交わし、カーテンを閉める。

このまま淡々と下着購入ミッションを終わらせてしまおう。

――と、思いきや。

「……楓《かえで》、ごめん」

「なんですか？」

「……………………ひとりでブラジャー着けられない」

「……っ」

カーテン越しにも、楓《かえで》の苦悩が伝わってきた。

「私が……入って……手伝っても？」

「頼む」

申し訳ない気持ちで承諾すると、楓《かえで》はギュッと目をつむったまま、試着室に入ってきた。

「八隅《やすみ》くん……背中、向けてください」

「はい」

くるりと反転、目の前の鏡には、下着姿の八隅《やすみ》千秋《ちあき》が映っている。

その後ろには、楓《かえで》の姿も。

「……はい、できましたよ」

「違和感がすごいんだけど……ほんとに着け方これでいいの？」

「目をつむってるので！　合ってますたぶん！」

「んん……ちょっとだけ目を開けて確認してくれない？　絶対着け方おかしいって。苦しいもん」

「…………………」

なにやら深く迷っている様子を見せた楓《かえで》だったが、やがて鏡越しに、彼女が目を開けるのが見えた。

「……これで合ってます。違和感は……そのうち慣れるかと」

「そういうものか……」

女物の衣料品って、全体的に着心地に違和感があるんだよな。

一方で、どれもこれも、むちゃくちゃ可愛《かわい》くて、着替えるだけで楽しい。

がらりと変身する感覚は、いままでにないものだった。

わたしは鏡に映る自分の姿を見て、

「楓《かえで》、どう？　似合うかな？」

問うた瞬間、ガン！　と、妹が壁に頭突きをした。

「突然どうした⁉」

「なんでもないです。試着が終わったら呼んでください」

「あ、あぁ……」

一瞬前の奇行が、まるでなかったかのように……。

……いったいなんだったんだ？

「あとは家で練習してください。……もう手伝いませんからね」

「……でこ、赤くなってるぞ」

「……ふん」

楓《かえで》は無言で、保冷剤を額に当てていた。

ちなみに――

この携帯アイテムは、楓《かえで》にとっての必需品として、今後長らく愛用されることになる。


ショッピングモールでの買い物を終えたわたしたちは、紙袋を提げて帰途をゆく。

いまのわたしの服装は、最初の店で選んでもらったものだ。

「今日は楽しかったなー！」

「正気ですか？　人生最悪の日だと思いますけど」

「わたしにとっては、最高の日。妹と一緒に買い物して、並んで街を歩くとかさ。懐《なつ》かしい感じがした」

「…………………」

楓《かえで》にとっては災難だったかもしれないが。

男のままだったら、今日、こんな日にはならなかった。

「八隅《やすみ》くん……買い物とか、新しい服とか、興味なかったのでは？」

「昨日まではそうだったかも」

こうして女になって。

新しい服で街を歩く。

たったそれだけのことが、こんなにも嬉《うれ》しい。

新鮮な喜びが、わたしのテンションを引き上げていた。

そんなときだ。

突然、わたしたちの進行方向を人影が遮った。

「こんにちはー」

「オレたちと遊びにいかない？」

体格のいい二名の男性だ。見た感じ高校生か……大学生くらいだろうか？

「コッ、これは……もしや……」

街を歩いていて、急に、異性から声を掛けられる。

「ナンパというやつではー！」

わたしはつい、目を輝かせてしまった。

「うひょー！　どうしよう楓《かえで》！　わたし、生まれて初めてモテてるぅ〜〜〜〜！」

「男にモテて嬉《うれ》しいんですか？」

妹から白い目で見られた。

「正直色々複雑！　でも新鮮な体験ではある！　うわーうわーうわー、本当にこういう台詞《せりふ》言うんだあ〜！」

興味津々《きょうみしんしん》で男たちを観察していると、手首をつかまれた。

「なぁ、ふざけてんの？」

「あ、すまん」

完全に動物園に来たようなノリになっていた。

あんな態度で眺められたら、不快に思っても仕方がないだろう。

「悪いと思うなら、付いてこいよ」

「フッ、それは断る！」

これでもジムに通って鍛えているんだ。

女の子にモテるためにな。効果はちっともなかったけれど。

わたしは男につかまれた手を振り払おうと試みるが、

——あれ、わたしよりも力が強いなこいつ。

あえなく失敗。そこで焦《あせ》りとともに気付く。

「こっ……！」

この身体《からだ》、めちゃ弱体化してるー⁉

うっそお……女の子って、こんなに腕力ないの……？

愕然《がくぜん》とするわたし。それを怯《おび》えているとでも思ったのか、男たちはニヤニヤと笑みを浮かべ、
距離を詰めてくる。

だが、そこで。

「ぐぅッ……！」

わたしに代わって、楓《かえで》が男の手を強引に引きはがした。

「その人に……」

そのまま相手の身体《からだ》を突き飛ばし、男たちとわたしの間に立ちふさがる。

「触るな」

トドメのように、ひと睨《にら》み。

「そ、そんなにマジになんなよ……！」

見事、ナンパ男たちを追い払ってしまったのである。

まるで少女マンガのヒーローのようにだ。

妹に守られる。

昨日までの八隅《やすみ》千秋《ちあき》なら、屈辱に感じていたであろう状況。

だけど、今日のわたしは、そんなふうには思わなかった。

ただ、ただ……。

「八隅《やすみ》くん……大丈夫でしたか？」

「……う、うん」

カッコよく助けてくれた楓《かえで》に、こくこく頷《うなず》くことしかできなかった。

うわ……わ……。

なんだ、これ……。胸が……。

熱射病めいた顔のあつさは、はじめてのナンパなんかよりも、ずっとずっと新鮮で。

あまりにも強い胸の痛みは、想像していたときめきとは全然違っていて。

その正体に、気付くことはできなかった。

ぐす、と、涙がこぼれた。

「ちょ、ちょっと……そんなに怖かった？　ああ……八隅《やすみ》くん、泣かないで……どうしよう」

「……別に、そういうんじゃ、ない」

怖かったからでも、安心したからでも、屈辱だったからでもない。

理由なんてわからない。

なのに涙はとめどなく溢《あふ》れ、

「あっ……腕、腫れてる。冷やさないと。荷物も貸して……歩ける？」

言葉にならない絶叫が、脳裏でぶくぶくとゆだっていた。


その後、どうやって家まで帰り着いたのか……よく覚えていない。

ぼーっとして、夢うつつだったから。

「おいおい……想定外にもほどがあるぞ」

玄関でわたしたちを出迎えた夕子《ゆうこ》姉さんは、目を大きくまんまるに開けて驚いていた。

「おまえたちが……手をつないで帰ってくるとは。どういう状況だ、これは。高校生活一日目にして、仲良く酒でも飲んできたのか？」

「そ、そんなわけないでしょう……やむを得ない処置です」

問われた楓《かえで》は、ポンコツになっていたわたしの手を、ぎゅっと握り、弁明する。

「その、八隅《やすみ》くんが……体調を崩してしまって」

「ふむ……」

夕子《ゆうこ》姉さんは、ポケーッと放心するわたしを覗《のぞ》き込んでから、玄関の外、走り去る車を見送った。

「それでタクシーで帰ってきた、と」

「そういうことです。病院に連れていくよりも、夕子《ゆうこ》姉さんに見せるべきだと思いまして」

「良《い》い判断だ。……しかし、これは……なぁ、千秋《ちあき》」

夕子《ゆうこ》姉さんは、コソッとわたしの耳元でささやく。

「女の子にモテるのが夢で、最初のターゲットは楓《かえで》だ——なぁんて言っていたよな、得意げに」


——夕子《ゆうこ》お姉ちゃん、ナイスサポートだったろ？


わたしが正気だったなら、あるいはもっとずっと後のわたしだったなら。

『違う！　こうじゃない！』と大声で否定していただろう。

『楓《かえで》を！　わたしに！　ときめかせたいんだ！』と。

いまのわたしは、初めての感覚に呆《ほう》けるばかり。

我ら双子の高校生活。

記念すべき一日目の夜は、こうして更《ふ》けていった……。

あっという間に、高校生活二日目の朝が来た。あるいはこう言い換えてもいいだろう。

女になって二日目の朝、と。

「ん～～～～～～～～～～～っ！　よく寝たあ！」

さあ、今日も一日がんばろう！

カーテンから漏れる春の朝日。うららかな陽気である。

なにやら昨日の記憶が……買い物を終えたあたりから曖昧だが。

うん！　深く考えてはいけない気がする！

真新しいパジャマの感触を楽しみながら、洗面所へと向かい、顔を洗って――

「……あ」

「……っ」

楓《かえで》とばったり出くわした。

「おはよう、楓《かえで》！」

わたしはいつものように、気さくな挨拶を投げかける。

いつもの楓《かえで》なら、完全に無視するか、冷たい一瞥《いちべつ》をくれる場面。

で、今日の楓《かえで》はどうかというと、

「……もういいんですか？　体調」

優しい！　いつもと違う！

なんで？　失われた記憶の中で、いったいなにがあった……？

わたしは若干おののきながら、

「あ、ああ……すこぶる快調だ」

「そうですか」

冷淡に告げて、楓《かえで》はわたしとすれ違う。

すげない声は、とてもとても聞き慣れたもので……。

逆に安心してしまった。

その後はリビングにて、朝食。八隅《やすみ》家の食事は当番制だ。

今朝のメニューは、妹の手作りサラダとスープ。

何日も家に帰ってこないことも多い夕子《ゆうこ》姉さんだが、今日からは、一緒に食べる機会が多くなるだろう。

「ふぁぁ……普段なら、これから寝始めるところなんだがなー。まさかこの年になって学校に通うことになろうとは……人生ってわからんなー」

寝ぼけ眼で、そんなことを言っていた。

食事中、楓《かえで》との会話は一切なし。わたしを避けるかのように、先に家を出て行ってしまう。

本当なら、強引に一緒に登校しようと思っていたのだ。

なぜそれが叶《かな》わなかったかといえば……。

「くぬぅ……くぬぅ……くそっ、このブラジャーとかいうやつは……！　なんって面倒な！」

「千秋《ちあき》、おまえ…………想像を絶する不器用さだな。こんなもん、ただ着けるだけだろうに」

いやいやそれは事情が違うだろ。

サイズ的な意味で……。

着けやすさだって……だいぶ、だいぶ……違うんじゃない……？　夕子《ゆうこ》姉さんは、ブラを装着しようとしてるとき……ばるんっ、とこぼれ落ちたり……しないでしょう？

もちろん、そんな命知らずな台詞《せりふ》は吐けないが、

「がー、姉さんやってぇ！」

「ったく、しょーがないな……」

しばらくは修業の日々が続きそうである。

で。

なんとか身支度を済ませたわたしは、昨日よりもサイズが大きめの制服に袖を通す。

入学式で着たものと同様、学校から借りた仮のものだ。

わたしにぴったりの制服が届くまで、しばし日数がかかるだろう。

わたしは楓《かえで》の並木道を通り、さっそうと登校する。

「おっはよ～う！」

一年一組の教室へと、元気よく挨拶しながら入っていく。

昨日は色々あったので、クラスメイトとは今日が初顔合わせ、ということになる。

「おはよう！」

「八隅《やすみ》さん、おはよう！」

「昨日、挨拶すごかったねー」

などなど、男子女子ともに、めちゃくちゃ好意的な反応。

このわたしが戸惑うほどだ。

「おお……？」

なんとなれば、いままでの人生で、一番フレンドリーな朝の教室かもしれなかった。

もちろん中学時代、男だった頃の八隅千秋《やすみちあき》も、全校生徒から慕われる生徒会長だった。

恋愛的にはまったくモテなかったし、告白されたり、甘い手紙をもらったり、黄色い歓声を浴びたり……そういった色っぽい出来事はなにひとつ！　なかったけれども！

ここであまり長いエピソードを披露するのもナンなので、根拠は話せないが——みんなからちゃんと慕われていた自信がある。

なにせ日本一の男だから。

しかし……しかしだ。

かつての『俺』に声をかけてくる生徒たちは、ここまで幸せな笑みを浮かべてはいなかった。

初対面の時点で、『おおっ、なんかチョー好かれてるっぽくな〜い？』という強〜い手応えを覚えることは、なかった。

「こっ、これが美少女パワーなのか？」

すげー。

フ……フフ、フハハハッ！　素晴らしい！　圧倒的じゃないか！

これが新たなるわたし、ニュー千秋《ちあき》の魅力なのだ……！

すなわち、外見・イズ・パワーッ！　これぞ世界の絶対法則……！

「ったく、楓《かえで》のやつ、脅《おど》かしおって……」

ノーブラで演説するバカ女だと思われましたよ——なぁんていうから、ちょっぴり緊張しちゃったじゃないか。

まったく問題ない——どころか、一日目にしてクラスの人気を独り占めできそうだ。

クク……フフフ……。

さぁ見ているがいい、楓《かえで》！　我が妹にして好敵手よ！

一年一組は、おまえではなく——このわたし、八隅《やすみ》千秋《あき》サマが支配するッ！

「みんな、改めて——八隅《やすみ》千秋《あき》だ！　これからよろしく頼む！」

温かい声に叩《たた》かれながら、あらかじめ知らされていた自分の席へと進む。

ちなみにわたしの席は、楓《かえで》の席の斜め後ろなのだが——

「楓《かえで》さま！　あの……っ……私、ずっと憧れてました！」

いきなり女の子から告白されとるー⁉

は？　は？　はあ〜〜〜？

じ、自分のコトを『楓《かえで》さまぁ〜』とか呼ばせて！

恥ずかしくないいんか？？？

逆恨みのまなざしを向けるわたし。

楓《かえで》は赤薔薇《ばら》のエフェクトが咲き乱れそうな凛々《りり》しさで、

「ありがとう。私のこと、以前から知っていたんですか？」

「ああっ、初対面なのに馴《な》れ馴《な》れしくてごめんなさいっ！　去年、部活の試合で遠征したときに……お見かけして……」

「そう……どうりで、見覚えがあるなと思いました」

楓《かえで》は、どぎまぎしている女の子に、優しく微笑《ほほえ》みかける。

それだけで相手は、ぼんっと爆発したみたいに赤面する。

でもって、

「きゃあ〜〜〜〜〜〜〜〜〜〜〜〜〜♡」

甘く黄色い悲鳴。

このわたしが、人生で一度たりとも身に受けたことのないものだ。

そんなやり取りをきっかけに、楓《かえで》のそばに女の子たちが集まっていく。
「あー、あんただけずるい～！」だの「あたしもあたしも！」だの。
「楓《かえで》さま、わたし、ファンクラブ作ります！」だの……。
なぁにあれ～？　わたしが席に座れないんですけどぉ～？
「ぐぬぅぅぅ…………………！」
シャツの胸元に指を喰《く》い込ませるわたし。
……胸がムカムカしてきた。
この慣れ親しんだ敗北感よ……。
「一年間、よろしくお願いします、皆さん」
楓《かえで》がそんな挨拶をしただけで、アイドルライブのような大歓声がとどろいた。
このわたしを差し置いて、楓《かえで》は、このクラスを完全に支配しようとしていた。
中学時代と同じようにだ。
「ば、バカな……」
同じ超級美少女になって、対等の条件になったハズでは……？
納得いかんぞぉ……なぜこうもヤツは女にモテまくるのか！
だって、まだなんっにもしてないじゃん！
カッコいいスピーチをしたわたしよりモテるの……おかしくない？

〝魅了〟の魔法でも使ってるの？

女の子にだけ効くフェロモンでも分泌しているのではあるまいな！

「楓《かえで》さん、こちらこそ、よろしく！」

「私、楓《かえで》さまと同じクラスになれてよかったあ〜！」

「ごめんなさい……恥ずかしいから……あまり触るのは……」

「照れ屋さんなところも可愛《かわい》い〜〜〜〜♡」

ぐあーっ、なんか今日は、いつにも増してモヤモヤするなあ！

新生『八隅楓《やすみかえで》ファンクラブ』が結成される様子を、わたしは、ぷく一っと頬を膨らませて眺めていたのだが……。

「ところで、昨日からずっ……と気になってたんですケド！」

「八隅《やすみ》って名字、このクラスにふたりいるよね？」

ふいに、わたしを巻き込む話題が始まった。

「それは……」

楓《かえで》の王子様フェイスに、わずかな亀裂が入る。

説明するのいやだなぁ……みたいな雰囲気で、

「従姉妹《いとこ》同士なんです」

「一緒に暮らしてるんだ」

ごりっと集団に割り込んでいくわたし。

おもむろに楓《かえで》の隣に立って、

「姉妹同然の関係」

妹の肩に手を置いた。

「な、楓《かえで》」

「…………………」

なんで嫌そうな顔すんの？

ついさっきまで騒々しかった周囲は、わたしの登場とともに、しんと静まり返っている。

楓《かえで》がどう返事をするのか、待っているんだろう。

とうの楓《かえで》は、しばし言葉をさまよわせてから、肩に置かれた手をさりげなく払う。

さながら、肩に付いたゴミを払うような仕草でだ。

でもって、

「この……八隅《やすみ》くんとは、皆さんと同じく、出会ったばかりなんです。姉妹のような関係になれるかは……まだわかりませんが。ともに……よき学校生活を送れたらいいな、と、思っています」

八隅《やすみ》千秋《ちあき》と仲良しだとは言いたくない。その上で、この場を無難にまとめたい。

そんな意図が（わたしだけに！）ビシビシと伝わってくるような、言葉の選択であった。

フッ、照れ屋さんめ。

楓《かえで》の意図は、もちろんクラスの皆さんには伝わらない。

場は再び喧騒《けんそう》を取り戻し、

「うわぁ～、美少女姉妹ってカンジ～♪」

「クラスに王子様とお姫様が揃《そろ》うという奇跡……」

「エ～、なんで八隅《やすみ》くん呼びなの、おもしろーい」

などなど様々なリアクションが飛び交い始めた。

ちなみに、楓《かえで》がわたしのことを『八隅《やすみ》くん』と男のように呼ぶ件について、実はわりと心配していたのだが……『おもしろーい』の一言で受け入れられてしまったぞ。

女子高生、テキトーすぎんか？

「同じ名字の人がふたりいるから、どう呼び分けよっかーって迷ってたんだけど」

「『楓《かえで》さま』と『八隅《やすみ》くん』でいいかな？」

放っておくとその通りになってしまいそうだ。わたしは慌てて、

「やめてくれ」

「えーっ、なんでぇ？」

「それは……えっと……楓《かえで》にのみ許した『特別な呼び方』だからな」

女子高生に相応《ふさわ》しい超適当な理由を述べるわたし。

「だからわたしのことは、ぜひ千秋《ちあき》様と——」

「きゃ～～～～～～～～～～～～～～～～～～～っ！」

　ぐえー、鼓膜破けそう。

　わたしが続けようとした言葉は、女子高生たちの歓声によって、たやすくかき消されてしまう。

「『特別な呼び方』だって！　えもーい！」

「じゃーあー、あたしたち下々のものは、千秋《ちあき》ちゃんって呼ぶねっ！」

「よろしく千秋《ちあき》ちゃんー」

「……あ、あぁ……よろ……しく」

　わたしだって『テンションが高すぎる』とよく言われる方なのに……。

　集合した女子高生のスーパーハイテンションに付いていけない……。

　抵抗むなしく、学校でのわたしの呼称は『千秋《ちあき》ちゃん』になってしまった……。

　クラスの女子たちの好奇心は一向に衰えず、質問はさらに続く。

「入学式のときの挨拶、あれってどういう意味⁉」

「彼ピ募集中なの～？」

「彼女でもおけみたいなこと言ってたよね」

　どいつもこいつも押しが強くて怯《ひる》んでしまうが……。

こればかりは、はっきりと言っておかねばならない。

わたしの夢を叶《かな》えるためにもだ。

「わたしは、いままで恋をしたことがない。だから、高校では積極的に恋愛をしたいと思っているんだ」

「ふむふむ」

「なるほどなー」

傾聴の態勢になる女子たち。

素直でよろしい。

ちらりと見れば、男子たちも聞き耳を立てている様子。

「恋をしたことがないんだから、自分の恋愛対象もわからない。わたしは女だけど……」

元男だから。

「女の子にときめくかもしれないだろ」

「はぇ～」

「それであの挨拶なんだぁ～」

よし、うまいこと挨拶の補足ができたようだ。

「というわけで、初恋探し真っ最中のわたしを、改めてよろしく」

恋人募集中ですよ！　ちやほやしてもいいですよ！

そんな意図を込めて言うが、クラスメイトたちの反応は鈍かった。

男子も女子も、みんな揃《そろ》って「はぇ〜」と呆《ほう》けて、自分とは関係ない世界の話だなぁ……という感じの顔をしている。

ぜんっぜん当事者意識ないな、きみたち。

全校生徒が、このわたし・八隅《やすみ》千秋《ちあき》サマの栄えある恋人候補だというのに。

もっともその理由は、すぐに発覚した。

とある女子が、まるでクラス全員の代弁をするかのように、こんなことを言ったからだ。

「それならよかったね、千秋《ちあき》ちゃん」

「ん？　なんで？」

「学校で一番かっこいい人と、一緒に暮らしてるんでしょ？」

「…………」

「すぐにできるんじゃない？　初恋」

「……………………………………………………………」

会話中にもかかわらず、わたしは不自然に停止し、六十秒もの間、動けなくなった。

最初の十秒は、あまりにも想定外すぎる発想だったから。

次の四十秒は、楓《かえで》とラブラブカップルになっている自分を想像してしまい、謎の精神負荷がかかっていたから。

そして最後の十秒は……納得である。

クラスのみんなは、宇宙最高レベルの美少女である八隅千秋《やすみちあき》ちゃんと自分が、恋人関係になるという発想がないのだな、ということだ。

スーパーウルトラ王子様系美少女である楓《かえで》とならお似合いだよねー、というノリなのだ。

こーれはよくない。よくないぞぉ……。

わたしがクラスでモテモテになるという未来図が崩壊していく……。

額を汗で濡《ぬ》らし、危機感を募らせるわたし。

そんなわたしをよそに、楓《かえで》が静かに立ち上がった。

「ごめんなさい。少しだけ、席を外します」

彼女は、薔薇《ばら》のエフェクトを背負いながら、扉へと向かう。

「……私と八隅《やすみ》くんは、皆さんが思うような関係にはなりませんよ」


「彼女が、私にときめくなんて……ありえませんから」


憂いを帯びたまなざしでささやいて、いずこかへと去っていった。

ああ……。めちゃくちゃカッコよく退場していったけど……。

たぶん女子に囲まれて、ちんちん生えちゃったんだろうな。

いやー……おまえ、節操なさすぎんか……？

そんな風に、妹の下半身を心配するわたしの表情は、果たして……。

クラスメイトからは、どのように見えていたのか。

「すれ違い尊い……」

「楓《かえで》サマぁ……切ないよね……」

「えもーい！」

彼女らには、わたしとはまったく別のものが見えているようであった。

なんだこいつら。

そして、楓《かえで》が教室を出ていったのと入れ替わるようにして、ひとりの女子生徒が教室に入ってくる。

「おっはよーっ！」

制服を着崩している彼女は、惚《ほ》れ惚《ぼ》れするような笑顔と色香を振りまきながら、まっすぐこちらへと歩いてくる。

十五歳とは思えぬ豊満な肢体。

放つオーラは、芸能人顔負けの華々しさだ。

奔放さと育ちの良さが、矛盾なく成立しているその様は、まさしくクラスカースト最上位女子の貫禄《かんろく》といえよう。

た。


凛々《りり》しく女性を魅了する楓《かえで》とはまた違う、男性を超強力に惹《ひ》きつけるタイプの美少女。

めちゃくちゃ見覚えのある彼女は、座っているわたしの前で止まり、すとんっと表情を消し

皆に背を向け、わたしを冷たく見下ろし、わたしだけに伝わるように――

「ねぇ……あんた、顔貸しなさいよ」

イジメっ子かな？

わくわくしながら、人気のない女子トイレに連れ込まれるわたし。

いまこの瞬間こそが、女子高生二日目、最大の難関。

それはわかっているのだけど、

『ふわぁ～、マンガで見たやつだぁ～！』

『本当にあるんだ……こんな展開！』

という初体験への感動が消しきれない。

きっとわたしの両目は、キラキラと輝いていることだろう。

「……なんか、楽しそうね？」

いぶかし気にしているイジメっ子――という言い方はよくないな。

彼女はきっと、わたしをイジメたくってこんなことをしているわけじゃない。

「そ、そんなことはないぞ」

「ふん、まぁ……いいけど」

こういえば察してくれるだろうか。

彼女は、西新井《にしあらい》メイ。


「……で、あんた、なんなの？」


わたしたち双子をよく知る、幼馴染《おさななじみ》にして。

中学時代、八隅《やすみ》千秋《ちあき》会長政権下にて、生徒会副会長を務めていた――

わたしの頼れる相棒である。


女子トイレにて、かつての部下に追い詰められるわたし。

我が相棒とはいえ、軽々に秘密を明かすわけにもいくまい。

まずは牽制《けんせい》する意味も込めて、とぼけてみる。

「『なんなの』と言われてもな。わたしは、八隅《やすみ》千秋《あき》。八隅《やすみ》楓《かえで》の従姉妹《いとこ》で、遠方に住んでいたが、こっちの学校に通うため、これから三年間、同じ家で暮らすことになったのだ」

「あたしが聞きたいのは、そんなどうでもいいことじゃない！」

「なら、なにが聞きたいんだ」

「あんたは誰？ ちーくんは、どうしたの？」

メイの声には、怒りと不審、そして……隠しきれない不安がまじっていた。

　それも当然。メイからしたら、いまの状況は、不可解なんてものじゃない。

　幼馴染《おさななじみ》で、親友の兄で、敬愛する元上司でもある八隅千秋《やすみちあき》が、ある日いなくなって。

　同姓同名の女に取って代わられているのだから。

　怖い都市伝説みたいな話である。

　そんな状況下で、明らかに元凶っぽいわたしに、直接問《と》い質《ただ》してくるのだから……。

　百聞は一見に如かず。

　西新井《にしあらい》メイとは、こういうやつなのだ。

　心苦しいな。その熱い友情に、虚偽で応えなくてはならないとは。

「ち、ちーくんは……」

　自分で自分の愛称を口にするの、めっちゃ恥ずかしいな。

　わたしは、奇妙なシチュエーションに思考力を低下させながらも。

　華麗な言い訳をひねり出した。

「突然思い立って、オーストラリアに留学したらしい」

「え……な、なんのために？」

「……コアラとか、好きだから」

「あー…………………ありそう」

深く納得するメイ。

なんかいま、不敬なリアクションをされた気がするな？

「ちーく……千秋《ちあき》と、あんたが同姓同名な理由は？」

「偶然だ」

「……それで押し通せると思ってるわけ？」

「他に言いようがない。フッ──このわたしと同姓同名だなんて、楓《かえで》のお兄さんとやらは、さぞかし素晴らしい……男の中の男だったのだろうなぁ！」

「言動もそっくりなのよね……」

じろじろと眺めまわしてくる。

いかん……怪しまれている……。

さすがに『元上司が女になっている』という発想には至らないだろうが……。

わたしはごまかし半分、興味半分の塩梅《あんばい》で、かつての部下に聞いてみた。

「超イケメンの生徒会長で、全校生徒から慕われていたそうじゃないか？」

「バカ殿って呼ばれていたわ」

「え………マジで？」

初耳なんだが？

「まぁ、みんなから愛されてたのは間違いないと思うケド。仕事ができるコアラ的な？」

「ふ、ふ、ふぅ〜〜ん……そうなんだぁ……学内での印象《パブリックイメージ》がコアラ……ヒト科ですらない……」

楓《かえで》は『氷の王子様』とかそういう感じで呼ばれていたのに……。

こっ……こんなハズでは…………。

皆さん！　唐突なたとえ話で恐縮だが！

ソシャゲのガチャで爆死して、大量のお小遣いを溶かし、なのに……。

どうしてもどうしても諦めきれない。そんな経験がおありだろうか？

わたし、ちょうどいま、そんな気持ち。

涙を必死にこらえ、

「千秋《ちあき》お兄様ってぇ、超カッコいいのにぃ、モテなかったって聞いたけどぉ…………」

追いガチャを回すように、問うた。

「その理由ってなんだかわかる？」

「バカだからでしょ」

こいつっ！　覚えとけよ！

「……が、学年首席で、生徒会選挙でもぶっちぎりだったんでしょ……？」

「残念ながら、頭が良くて有能なのとバカなのは両立するのよ」

「ぐぬぬ……」

狼狽《うろた》えない主義のわたしだが。

ボディブローを連打されているような精神ダメージが入っている。

「だ、だがっ！　さすがに一度も告白されたことがないのはおかしくないか⁉　そのへんのアイドルなんぞよりずーっとカッコよかったろ！　そんな素敵な男の子が同じ学校にいたらだよ？　誰かひとりくらい『千秋《ちあき》サマのこと好き！』ってなる女の子が現れても……いいじゃない？」

「なんでそんなに必死なのよ⁉」

「やかましい！　交換条件だ！　わたしだって色々教えてやったんだから、そのぶん聞かせてもらおうか！」

「どうして、『ちーくんのコトを好きになった女の子がひとりもいなかったのか』……ねぇ」

くすっ、と、メイは意地悪そうに笑って、片目をつむった。

「そーいう血迷った子には、副会長のあたしが責任を持って、『会長《バカ》と付き合わない方がいい理由』を教えてあげてたもの」

「……お、おまえ……おまえ…………」

「被害者が出る前に、すべて幻滅させていたわ！」

我ながら良い仕事だったとばかりに、満足げにするメイ。

「犯人《い》はおまえかあー！」

「うわあ！　なにっ⁉」

わたしに胸倉をつかまれて驚くメイ。

どうも女の身体《からだ》になってから、感情を抑えられなくなっている。

わたしは、胸倉をつかんだ手を震わせて、

「うぐぅぅぅ………！　ひどい……ひどぃぃ……！」

「きゅ、急に泣かないでよ！　意味わかんない！」

ずっと我慢していた涙があふれてきたタイミングで——


「なにをしているんですか」


勢いよく扉が開き、激しい吹雪が吹き込んできた。……かのように見えた。

わたしが涙を流した途端、現れたのは楓《かえで》である。

彼女は厳しい顔で、場を見回す。

「メイに連れていかれたと聞いて、慌てて追いかけて来てみれば……これはなんです？」

わたしは、妹の腕にすがるように抱き着き、我が青春を灰色に変えた元凶を指さした。

「楓《かえで》ぇ～！　こいつにイジメられたぁ～～！」

「うえええええええええ!?」

目をまん丸にして驚くメイ。

楓《かえで》は彼女をジロリと睨《にら》み、

「メイ？」

と、名を呼ぶ。それだけでメイはすくみあがり、降参するように両手を挙げた。

「違う違う違うって！　まだイジメてないわ！」

「なら、どうして彼女は泣いているんです？」

「『生徒会長《バカ》の外見に騙《だま》された可哀《かわい》そうな女の子を救ってあげていた話』をしたら……泣いちゃった」

「…………想定の百倍くだらない理由ですね」

くだらなくないっ！　断じてくだらなくないもんっ！

当時のわたしが恋をできたかどうかはさておき、

『中学生の頃、女の子に告白されたことがある』という人生の実績は、もう二度と獲得することができないんだぞ！　くそう……くそう……なんということを……。

ぎゅーっと妹の腕を抱きながら、悔し涙を流す。

そこで、

「ああっ、そんな話、いまはどうでもいいのよっ！」

メイが、切羽詰まった様子で、楓《かえで》に向かって声を張り上げた。

「楓《かえで》！　いったいどういうことなの！　昨日からずーっとあたしの連絡無視してえっ！

……千秋《ちあき》が……ちーくんが……あたしを置いて留学したって……そんなの嘘《うそ》よね⁉」

「……ごめんなさい、ほんとうに、色々あって……メイへの説明が遅れてしまいました」

楓《かえで》はそこで、沈痛そうな面持ちになった。

「その……八隅《やすみ》くんは……」

「ちーくんはっ？」

「オーストラリアで、コアラに食べられて死にました」

なんだそのふざけた死因は……！

信じられん。

高校生にもなって、こんなアホな言い訳で納得するやつなどいるわけが――

「ふ……う……ふぐぅぅ……！　そんな……そんなぁ……」

いた⁉

え？　まさか、もしかしてわたし……この死因がありえるって思われてる……？

「お、おい……楓《かえで》、おまえのせいで泣いてしまったぞ……！」

「そ、そんなことを言われても……気の利《き》いた言い訳なんて、咄嗟《とっさ》に出てこなかったんですよ！」

「だからってコアラに喰《く》われたはナイだろ……やつらは草食だぞ……」

我ら双子が現実逃避まじりの会話をするわきで、

「ふぐぅ……ふぐぅぅ…………ふぇぇぇ〜〜〜〜〜〜〜〜〜〜〜〜〜〜〜〜ん！」

メイはボロボロ涙を流して、八隅千秋《やすみちあき》の死を嘆いてくれている。

「あたし……まだ、まだ……あいつにっ……」


「伝《づだ》えてなかったのにぃ〜〜〜〜〜〜〜〜〜〜〜〜〜〜〜〜〜〜〜〜〜〜〜〜〜！」


わたしの周囲は昨日から、泣いて騒いでばっかりだ。

熱い友情の涙は、わたしたちの胸を罪悪感で焼き焦がす。

わたしと楓《かえで》は、顔を見合わせ頷《うなず》きあい、

「メイ！　ごめん！」

「八隅《やすみ》くんは……生きています」

こうして……。

高校生活二日目にして、わたしの正体を知る者がひとり、増えてしまったのである。

「……はぇ？」

3章

メイに秘密を打ち明ける覚悟を決めたわたしたちは、夕子《ゆうこ》姉さんのいる保健室へと移動した。

どうにも後回しにできないので、やむを得ず、高校二日目にしてサボリである。

とある緊急の理由で楓《かえで》は席を外し、わたしとメイのふたりで、夕子《ゆうこ》姉さんとご対面。

姉さんは、子供のような仕草でメイを見上げる。

「久しぶりだな、メイ！　は〜、しばらく会わないうちに……ずいぶんとまぁ、育ったものだ」

相手の胸を見て、でっか……と、呆《あき》れたような感想をつぶやいている。

「ゆー姉！　そんなんどーでもいいから！　この状況はいったいナニ!?　ちーくんが生きてるって、どういうコト！」

説明を急《せ》かすメイ。

数年前に、『子供っぽいから』と卒業したはずの『ちーくん』呼びを、さっきから連呼しているあたり、動揺が冷めやらぬ様子だ。

しかし彼女に明かせるのは、我々が抱える秘密のうち、『八隅《やすみ》千秋《ちあき》』関連のみだ。

楓《かえで》の秘密は、親友に知られたいものじゃないだろうから。

夕子《ゆうこ》姉さんは、さっそうと見得を切って、

「ならば教えてやろう！　天才マッドサイエンティストであるこのワタシの実験によって——千秋《ちあき》は女になってしまったのだあっ！」

「ちーくんが……女に……？」

簡潔すぎる説明を聞いたメイは、きょとんとしてしまった。

無理もあるまい。

派手派手な外見とは裏腹に、まっとうな常識人であるメイには……。

荒唐無稽すぎる八隅千秋《やすみちあき》の現状は、理解できないのだろう。

わたしはそんな彼女の正面に立ち、親指で己の顔を指す。カッコいい声で、

「わたしがちーくんだ」

「…………………………」

「ふ……信じられない気持ちはわかる」

「……馴《な》れ馴《な》れしく話しかけないでくれる？　ゆー姉なら……やりかねない……けど。あんたが、ちーくんだなんて……髪の色も……顔だって……あんまり似てないし……」

じろ～、と、睨《にら》まれる。

慣れ親しんだそのジト目が、心地好《よ》い。

いや、変な意味じゃなく。

そのまなざしの理由が、八隅千秋《やすみちあき》を心配してのものだと、伝わってくるから。

「正真正銘！　このわたしこそが！　メイのよく知る八隅千秋《やすみちあき》だとも！」

「なら、証拠を見せなさいよ」

「しょ、証拠か……わたしやメイの家族構成とか、プロフィールでも言えばいいのか？」

「事前に調べてわかるようなことじゃ証拠にならないわ！」

フム、どうしたものか。

わたしが考えていると、夕子《ゆうこ》姉さんが得意げにこんな提案をした。

「なぁなぁ、ワタシがメイをパッと男に変えてやれば、なによりの証拠になるのでは？」

「ナイスアイデア！　さすが夕子《ゆうこ》姉さん！」

「ウヒヒ、そうだろう？　ワタシも新たな実験体が手に入って嬉《うれ》しいし、これで解決だな」

「なわけないでしょ！　信じてないけど、万が一本当だったら最悪じゃない！　男になった姿なんて、ちーくんに見せられないわ！」

「ちぇー」

「じゃあどうしよう」

困ったわたしは、メイ本人に振ってみる。

すると彼女は、真剣な顔でしばし沈思し、

「本物のちーくんなら……あたしのことを、よーっく知ってるハズよ！」

そんなことを言い出した。

「あんた、いますぐここで『あたしのいいところ』を言ってみなさい！」

メイは細い腰に手を当て、大きな胸を堂々と張って、

「本物かどうか、その内容で裁定してあげるわ！」

「よしきた！」

正直めちゃくちゃ気が進まないが、信じてもらうためにはやるしかない。

わたしは大きく息を吸い込んで、若干やけくそ気味に、

「ド派手な超美人でスタイル良くて勉強ができて運動ができてムチャクチャ男にモテるのに女から嫌われず友達が多くてみんなから好かれているところ」

息が続かないので、ひとまずこんなところである。

改めて列挙するとハイスペックにもほどがあるが……わたしは知っている。

それらを維持するために、メイが、陰で血のにじむような努力をしていることを。

まさしく、八隅《やすみ》千秋《あき》の右腕に相応《ふさわ》しい人物なのだ。

「ふ、ふぅ〜〜ん……えへへ……段々本物のちーくんかもって気がしてきたわ……ちょっぴりだけね！」

照れ屋で褒められると弱いところもイイ。

「まだまだあるぞ」

「え〜？　もぉ、しょうがないわね……」

メイは、手で朱を帯びた両頰を押さえながら、

「……続けて？　気持ちゆっくりめでね」

オーダーが細かいな。

「家族以外の女でただひとり、楓《かえで》の〝魅了〟が効かないところ。生まれてすぐからの知り合いで、楓《かえで》ともわたしとも仲がいいところ。常識があって適切な助言をくれるところ。一緒に歩くだけで羨望《せんぼう》のまなざしが降り注いで気持ちよくなれるところ。押しに弱くて強く頼むと断り切れないところ。人がやりたがらない仕事を率先して請け負うところ。わたしが死んだと聞いて本気で泣いてくれるところ——」

メイの話なんて、いくらでも続けられる。

わたしはその後もたっぷりと語り続け——……。

「……ワタシはなにを聞かされているんだ……？」

赤面した夕子《ゆうこ》姉さんが、うつろな目になってきた頃。

ようやくわたしはこう言った。

「ひとまず思いつくのはこんなところだ。合否はいかに？」

「…………」

メイからの返事は、すぐには来なかった。

彼女はしゃがみ込み、両手で顔を覆っていた。酩酊《めいてい》したように耳が赤い。

恥じらいが限界に達すると、メイはこういう体勢になる。

いままでの人生で、幾度も見たことのあるものだった。

だから、それはきっと……彼女にとっても、思い出深いもので。

メイが顔を上げ、わたしを見たとき、その目から迷いの色は消え失《う》せていた。

「……合格。ま、まぁまぁね……あたしのいいところ、ここまで深く知っている偽者《にせもの》なんて、あり得ないわ。認めてあげる。あんたは間違いなく、あたしのちーくんよ」

「フゥ……照れ臭い話をした甲斐《かい》があった」

「あ〜、なに？　自覚があったの？」

「なんとしても信じてもらう必要があったからな。普段なら言わん」

「へーえ、へーえぇ〜〜？」

メイは、ぷくく、とイジワルそうに笑って、

「は〜面白……知らなかったわ〜。あんたが、こんなにあたしのことを好きだなんて」

「…………」

「えへへへ……まったくバカなんだから！　ほんっとバカなんだから！　普段からもっと言っておきなさいよ！　そういうことは！　伝わらないって〜〜！」

メイは、ご機嫌でわたしの背中をバンバン叩《たた》いてくる。

うっざ……最悪……。

これ、しばらくからかわれ続けるやつだ。

「あっダメか、ただでさえ『会長と副会長は付き合ってる！』とか噂《うわさ》されてたのに、余計誤解

されちゃうものー。どーしよ、あんたと付き合うとか、あり得ないのに。ぜぇーったいゴメンなのに～♪　みんなから誤解されちゃう～♪」

……教えなきゃよかったかな。

メイは、しばらくタチ悪い酔っ払いみたいにわたしに絡《から》み続け――ふいに黙った。

なにかを切り替えるように一呼吸を置いてから、

「んじゃ、男に戻りなさい」

「…………は？」

「なぁに～？　その意表を突かれた――みたいなカオ」

「いまのところ、男に戻る気はないぞ」

「なんで？」

「夕子《ゆうこ》姉さんの実験に協力すると約束したし、女として過ごしてみて、手応えがあったからな」

「なんの手応えよ」

「もちろん、初恋をするための手応えだ」

「？」

ゆっくりと首をかしげるメイ。ちょこんと片手を挙げて、

「はい、質問」

「どうぞ」

「あんた、あたしのこと好きなんでしょ？」

「好き」

「じゃあ初恋をしたいってナニ？」

「ドキドキしたり、きゅ～んとときめいたりしたいって意味。そういう……なんというか……運命の相手に出逢《であ》いたい……って、意味」

自分で言ってて顔が熱くなってくるな。

きっと、この感覚を何十倍、何百倍にも強めたものこそが、恋という感情なのだと思う。

わたしの恥ずかしい説明を聞いたメイは、〝無〟の表情で、自分の顔を指さした。

「なにそれ……あたしにはときめかないってコト？」

「なーんでわたしがメイにときめかなきゃならんのだ。家族同然なのに」

メイのヒジが、わたしの腹部にめり込んだ。

「ぐおおおお……！」

美少女らしからぬうめき声を漏らすわたし。

メイはそんなわたしを見下ろして、だんっ！　と床を踏み鳴らす。

「かんっぜんに理解したわ！　改めて思い知ったというべきかしら——あんたがモテない理由をね！　このバカ！　バカバカバカぁっ！　いいからさっさと男に戻りなさいよ！」

「目的を果たすまで戻るつもりはないと言っているだろう！」

「女の子と恋をしたいのに女の子のままでいるってなによ！」

「女の子のままで女の子と恋愛したって別にいいだろ！」

「あんたがよくても相手がよくないかもしれないでしょ！」

「千秋《ちあき》ちゃんでもいいよ！　って言ってくれる相手を選ぶし！」

「…………ち、千秋《ちあき》がどうしてもいうなら……うぅ～……でもやっぱりあたしは……あたしは……」

なにやら深く悩んでいる様子だが、わたしは構わずこう続けた。

「男のときにまったくモテなかったからこそ、いまこうして別のアプローチをしているんじゃないか」

「明後日《あさって》の方向に進んでいるようにしか見えないわ。素直に男に戻るんなら、特別に、あたしが協力してあげてもいいケド？」

「わたしの青春を破壊した元凶が、いまさらなにをしてくれるというんだ？」

「その件については後悔も反省もしてないわ！　ただまぁ、責任の一端はあたしになくもないし……」

メイは偉そうに腕を組んで、

「『あんたのことを好きな女の子』を連れてきてあげてもいい。あんたがどんなにバカでも、見捨てず、何年間も……一途《いちず》に想《おも》い続けている……そんな素敵な女の子よ。もちろん顔も髪型も、性格だって……ちょ〜〜お、あんた好みだし？　そんな子に愛の告白をされたら……」

ちらっと妖艶《ようえん》な流し目で、

「ときめくんじゃない？　きっと」

「そ、そんな女の子が……？」

「ええ、いるわ。大人しく男に戻るっていうなら……紹介してあげる。……どう？」

「ぐ……む……む……」

ぐらりと揺らいだわたしは、少し考えて、

「いやあ……別に……いいかな」

「なんでよ⁉」

「八隅《やすみ》千秋《ちあき》は、十五年間、ず〜っと男の身体《からだ》で生きてきた。彼女もおらず、フリーだったんだ。だというのに……わたしの人生にはモテた記憶が一切ないッ！　メイの妄想じゃなく、本当にそんな女子が存在するのなら……」

「するのなら？」

「めちゃくちゃ恋愛がヘタクソだと思うぞ」

「うっさいわね！」

知り合いを貶《けな》されたメイが怒鳴ったところで、夕子《ゆうこ》姉さんが耐えきれないとばかりにゲラゲラ笑い始めた。

「ブハハハハ！　笑いすぎてハラが痛い……せ、説得に失敗したようじゃないか？　メイ……」

「ゆ〜〜姉〜〜〜〜」

メイの怒りの矛先が、夕子《ゆうこ》姉さんへと移動していく。

だというのに姉さんは、怒りの炎をさらに煽《あお》る。

「ククク……残念だったな。仮に千秋《ちあき》が戻りたいと言ったとして、すぐに戻れるわけでもない。千秋《ちあき》を完全に男に戻すには、まだまだ実験データを集める必要があるのだ」

だと思った。

もちろんわたしは専門家じゃないので、よくわからないが。

一部分だけ性転換した楓《かえで》が元に戻れないのだから、全身女になってしまったわたしだって、そう簡単に戻れはしないだろう。

「相変わらず無責任ね……！」

メイは、わたしのために怒ってくれている。

「実験データを集めるって……具体的にどうすればいいの？」

「決まっている」

メイの問いに、夕子《ゆうこ》姉さんは、ケケケと邪悪に笑って、

「千秋《ちあき》が恋をすればよい」

いみじくも、それはわたしの夢と同じもので。

――愛する弟妹……つまり、おまえたちのためだ。

かつての夕子《ゆうこ》姉さんが口にした『実験の目的』に、奇妙な信憑《しんぴょう》性を与えていた。

「千秋《ちあき》が甘くときめくたび、体内に埋め込まれたセンサーが反応し、ワタシの実験データは集まっていく。元の姿に戻れる日も近づくのだ。――ふふん、もっとも、ワタシがその気になるかは別だゾ♡」

と、イジワルな一言を付け加える。

いや、それよりも……体内にセンサー……とは？

サラッと、とんでもない事実を明かさないで欲しい。

「だからまー、メイが千秋《ちあき》を男に戻したいというならば、だ。ワタシの実験が進んで、時が来るまでに、千秋《ちあき》を心変わりさせるのだな」

せいぜいがんばれー、と。

バカにするように言われて。

「……………あっ、そう」

ぷちん、と、なにかがキレる音がした。

「なるほどねえ……よーっくわかったわ、状況がね」

「め、メイ?」

わたしが恐る恐る顔を覗《のぞ》き込むと、急に胸倉をつかまれた。

「ちーくん!」

「はい!」


「このあたしが、あんたに初恋を教えてあげるわ!」


「え?　えっ……?」

どうしてそういう話に……?

「そうすれば、男に戻れるんでしょ?」

わたしはカツアゲされているような体勢のまま、困惑するばかり。

「あんたなんか別に好きじゃないけど……ここまで拗《こじ》らせちゃったのは、あたしの責任だもの」

この幼馴染《おさななじみ》の顔を、こんなに間近で見たのは、いつぶりだろう。

「覚悟しなさい!　自分から『男に戻りたい』って……メイに恋しちゃったって――言わせて

やるんだから！」

彼女が一番魅力的に見える、一番好きな表情で、宣言された。

——ちょっと……どきっとした……かも。

かすかな胸の高鳴りを自覚する。

皮肉にも。

彼女が否定した性転換が、わたしの夢を大きく飛躍させていた。


メイの宣言が終わると、室内は、しん、と静まり返った。

わたしと彼女は依然として顔を間近に近づけている。鼻と鼻が触れ合うほどにだ。

まるでキスする寸前のような体勢で……一秒、二秒、三秒が経《た》ったところで、焦《じ》れたように
メイが唇を尖《とが》らせる。

「……なんか言いなさいよ」

「わたしに……メイが、初恋を教えてくれるって？」

「そーよ、悪い？」

「……いや、むしろありがたい……が」

「なんで歯切れ悪いのよ。らしくないわね」

らしくなくなっている理由がわからないから、歯切れが悪くなっているのだ。
いや、いや、そうじゃない。
わたしは自覚しているはずだ。
たったいま、あくまでもしかすると、だが。
幽《かす》かなときめきのようなものを感じたのだ、と。
それは初恋を求めるわたしにとって、大きな進展かもしれなくて。
だけど、メイ本人に伝えるのは、ものすごく……ものすごくはばかられる。
『いま、おまえに、ちょっとときめいたかも』とか、絶対に言いたくない！
めちゃくちゃからかわれるのが目に見えているからな。
だから、動揺を隠すように、ごまかした。
「それよりも……具体的に、どうするつもりなんだ？」
「それは……」
メイは胸倉をつかむ手を放し、わたしから距離を取った。
頬を朱に染め、挙動不審にきょろきょろしている。
「……まだ、考え中だけど」
ウソっぽい反応だ。これはきっと、ろくでもないことを考えている。
わたしが警戒を強めたところで、夕子《ゆうこ》姉さんが気付く。

「お、戻ってきたな、楓《かえで》」

保健室の扉が開き、席を外していた楓《かえで》が入ってくる。

妹は視線だけで部屋を見回して、漂う雰囲気を読み取ったのか、

「……なにか、あった？」

「メイに『わたしの事情』を説明してたところなんだ」

言外に『おまえの秘密は言ってないよ』と伝えると、楓《かえで》がわずかに緊張を緩ませたのがわかった。一方で、どうやらメイも『例の宣言』について楓《かえで》には伝えたくないようで、積極的にごまかしにかかる。

「そ、そうそう！　ゆー姉がまたしてもやらかしたみたいね！　てか楓《かえで》、今日トイレ行ってばっかじゃない？　大丈夫？　調子悪い？」

「……………………大丈夫だから」

楓《かえで》が、渋面で反応に困っている。

さっき言った『とある緊急の理由』というのがこれだ。

説明するのもかわいそうになる事情なのだが……。

メイに、親友の距離感でスキンシップを取られるのが、どーもてきめんに効いてしまうらしい。

旧校舎へと移動する道中、いつもの調子でいちゃいちゃしていたら――突如として楓《かえで》が、股

間を押さえて逃走を図ったという次第である。

……美少女の幼《おさな》馴染《じみ》が、気安く触れてくる。

……至近距離で、髪とか肩とか触ってくる。

メイは家族同然だという認識のわたしだって、男の頃に同じことをやられていたら、無反応ではいられなかっただろうし、楓《かえで》をむっつりスケベと責めることはできまい。

相手は、埼玉県でもっともえろい肉体を持つ女子高生なのだから。

実は……ひそかに心配しているのだ……。

片っ端から女の子を〝魅了〟してしまう楓《かえで》に、よりにもよって……巨大なちんちんを与えてしまったのは、とんでもないことだったのでは、と。

鬼に金棒というか、虎に翼というか。

おそろしく凶悪な組み合わせなのでは、と。

可愛《かわい》い妹に、こんな喩《たと》えを使いたくはないのだが……。

いまの楓《かえで》、えっちな本に登場する悪役みたいな能力してるよ。

本人、制御できていないフシも見受けられるし、突如暴走してクラスの女子を次々に毒牙《どくが》にかけていったりしないだろうな……。

「うーん……」

「どしたの千秋《ちあき》？　珍しく悩んじゃって」

メイは、わたしを愛称ではなく名前で呼んだ。ようやく落ち着いてきたのだろうか。

「なぁメイ、すごーく唐突な提案なんだけど」

「ん？」

「これから楓《かえで》と遊ぶときは、わたしも一緒でいいかな？」

「は～？　ほんとに唐突ね？　……あっ、もしかして楓《かえで》に嫉妬してるの？　女同士なのにぃ？

いきなり彼氏面とかさぁ～。ぷークスクス、調子乗ってな～い？」

そうじゃない……そうじゃないんだ……。

もしも楓《かえで》が暴走したとき……。

あまりにもメイが、最初の被害者っぽいから……。魅了されないとはいえ……。

「せっかくだから、女の子として女の子たちと遊ぶ経験をしてみたいってだけ」

「楓《かえで》え、千秋《ちあき》がこんなこと言ってるけど、どうする～？」

「……私は別に、いいですけど」

「えっ？」

メイは、目を大きくして親友を見る。

お兄ちゃんに冷たい楓《かえで》が、あっさりと承諾したのが、信じられないようだ。

もちろん楓《かえで》は、わたしと仲良くなったから、提案を承諾したわけじゃない。

いつ生えるかわからん自分を、近くでフォローして欲しいだけなのだ。

つまり、いまわたしがした提案は、ふたりを護《まも》るためのもの……なんだけど。

「しばらく女の子として生活するなら……必要な経験ですから」

「もぉ～仕方ないなぁ～、遊んでやるかぁ～」

……クッ……楓《かえで》……千秋《ちあき》お姉ちゃんに感謝するんだぞ……！

このわたしが！　特別に！　下手に出てやるのだからな……！

などと考えている間に、メイは楓《かえで》の肩に腕を回し、胸を密着させるような、えろいスキンシップを始めている。

あっ……あっ……。

このままだと、楓《かえで》がまた『トイレに行く』ことになってしまう！

「あのさ、メイ……あんまり楓《かえで》にくっつかないでくれる？」

「エ～、嫉妬とかきもーい。自分もしてほしーわけぇ？　ぷくく、やってあげなーい」

があああああああああああああああ！

イラつくわぁ……！

はー……はー……。

楓《かえで》が秘密を隠している間、相手側の配慮には期待できないのがネックなのだよな……。

メイだって、自分の気安いスキンシップが、逐一、親友にえろえろな刺激を与えてしまっているなどと、思いもすまい。というか、気付かれたらえらいことになりそうだ。

「うむうむ、いいデータが取れそうだ」

この場でただひとり、全員の思惑を俯瞰《ふかん》する……夕子《ゆうこ》姉さんだけが楽しそうだった。


メイへの説明で一時間目をサボってしまったわたしたちは、二時間目の授業からクラスに合流することになった。

我々の事情を知らぬ人々には、

——入学直後の一年生だというのに、大胆不敵な生徒たちだなあ。

——これでお咎《とが》めなしなんて、いったいどういうことなんだろう……？

などと思われていそうだ。

ちなみに、こうなるだろうと思って、体育着は持ち込み済み。

わたしと楓《かえで》は、そのまま保健室で着替えようとしたのだが。

メイが不思議そうに問うてきた。

「千秋《ちあき》が、クラスで女子と一緒に着替えられない——ってのは、わかるんだけどさあ。なんで楓《かえで》まで付き合う必要があるの？」

「あまり目を離したくないから」

「んー、そっか……ゆー姉と千秋《ちあき》のペアって、なにしでかすかわからないもんね。……じゃあ、あたしも、もうちょっとここに――」

「メイの体育着、教室でしょう。早く戻って」

「遠慮しなくてもいーってぇ」

「も・ど・っ・て」

「……わ、わかったわよ」

視線の圧でごり押した楓《かえで》は、なんとかメイを退けることに成功していた。

論理的な説得が難しい場面だったのに……。

「むっ、八隅《やすみ》くん……なんですか、その目は？」

「わたしの妹は……相変わらず口下手だなあって、思ってた」

「……早く着替えて移動しましょう」

楓《かえで》は、ざあっとカーテンを引いて、身を隠してしまった。

「…………なぁ、夕子《ゆうこ》姉さん」

「ん？　なんだ？」

ちょうどよく楓《かえで》と離れたので、気になっていたことをコッソリ小声で聞いてみる。

「ちなみにだが……楓《かえで》って、いま、ぱんつどうしてるんだ？」

「ン？　もしかしてワタシいま、『妹のぱんつに興味津々《きょうみしんしん》』だってカミングアウトされた？」

「言い方」

わたしは狼狽《うろた》えず言い直す。

「こんなコト……とても本人には聞けなかったんだが……異常が発生するたびに、ぱんつ破れてるんじゃないかなって……」

仮に、女性用の下着が、たゆまぬ企業努力の結晶ゆえに、けっこう伸びる素材だったとしても、素肌と布の間に二十センチ以上ある硬い棒をツッコんだら、損傷不可避ではなかろうか？

初日から聞けずにいた疑問を、ようやく提示したわたしに、夕子《ゆうこ》姉さんは言った。

「……よく気を付けてあげて」

「その……不穏な回答はなに？」

「わ、ワタシがそのうち、めちゃ伸縮するやつを作ってやるから！」

こんなことで顔を赤くする羽目になるなんて、夢にも思わなかったよ！


二時間目。体育の授業は、バスケットボールだった。

女子と男子に分かれ、教師が適当に複数のチームを作って対戦する形式。

「ハハハハハ！　つ～いに来たあっ！　わたしがカッコいいところを見せるチャンスが！」

なにを隠そう、わたしはスポーツが大得意だ。

特定の部活には入っていなかったものの、体育の授業レベルでなら、そうそう負けはしないという自負がある。しかも今日の相手はもちろん女子なわけで——

八隅《やすみ》千秋《ちあき》がカッコよく無双して、クラスの人気者になる未来は、確実なものと思われた。

「アハハハハ！　ハーッハッハッ！」

わたしは試合が始まるや、華麗にパスを受け、意気揚々とドリブルをはじめ——

「ぷぎゅ！」

開始数歩ですっころんだ。

「だ、大丈夫ちーくん!?」

慌てた様子で、敵チームのメイに助け起こされる始末。

他の生徒たちも、試合を止め、わたしを心配している様子。

「く、くそッ……！　まだ肉体の制御が完全ではない……！」

「中二病みたいな言い訳してないで……あーほら落ち込まなーい。いつもなら上手《うま》いの、あたしがよーっく知ってるから。調子悪いんでしょ？　今日のところは無理しないで見学してなさいよ、ね？」

「うぅ……メイが優しい……」

「えへへ……どう？　ドキッとした？」

「めちゃくちゃ悔しい……！」

「ちっ」

わたしはあえなくリタイアし、体育館のすみっこでしゃがみこむ。

八隅千秋《やすみちあき》の『バスケ無双モテモテ作戦』は、大失敗に終わった。

わたしの情けないドジっ子姿は、これはこれで、クラスでの人気を高めていたことが後々わかるのだが……。

こうじゃない……求めていた人気は、こうじゃないんだ……！

一年一組のプリンセス・ドジっ子千秋《ちあき》ちゃんの代わりに、バスケで大活躍したのは、

「楓《かえで》サマ！　すっご〜〜〜〜〜〜〜〜〜〜〜〜〜い！」

「うわぁ……かっこよ」

「王子スポーツまでできるとか……無敵じゃん」

我が最愛の妹にして宿敵、楓《かえで》であった。

ただのレイアップシュートが、絵画のように麗《うるわ》しい。

ひとたび駆ければ、消えるような急加速。

凛々《りり》しく結んだ髪がたなびいて、ちらりとうなじが見える。

……むむむ…………！　謎のけしからん気持ちがモヤモヤと……！

あっ、またシュートを決めた。

かろやかに着地した楓《かえで》は、走って自陣に戻りながら、チラッとこちらを流し見て。

一瞬だけ、目があった。

「ぐぬぬぬぬぅ～～～～～～～～～～～～～～～～～～～っ！」

なんと忌々《いまいま》しい！　気付いているんだからな！

楓《かえで》のやつ……さっきから活躍するたび、こっちをチラ見しおって！

はー、気に入らん。はー、胸が痛い。

わたしの顔が、羞恥と怒りで真っ赤になっていくのがわかる。

熱は、授業が終わっても、しばらく引くことはなかった。


その日の夜。

「さあて、本日のリザルトだ！　一日のできごとを、お姉ちゃんと一緒に、振り返ってみよーじゃないか！」

八隅《やすみ》家のリビングにて、家族会議が始まった。

夕子《ゆうこ》姉さんの口ぶりからすると、今後、我が家の定例になりそうな感じである。

「……私、参加する必要あるの？」

当然、楓《かえで》は、家族から距離を取ろうとするのだが。

「当たり前だ。色々と懸念《けねん》事項が出てきたんじゃないか？　んん？」

「くっ……」

思い当たるフシがあるのだろう、楓《かえで》は歯を食いしばる。

夕子《ゆうこ》姉さんは、不幸をにこやかに味わいながら、

「なんでも言うがいい！　できるだけのことはしよう！　ワタシは実験をしたいだけで、家族を苦境に追いやって楽しむ趣味はそんなにないのだ！」

「『そんなに』って言ったよな、いま」

「確かに聞きました……！」

妹と顔を見合わせて、長女の本音を共有するわたし。

改めて認識する。

夕子《ゆうこ》姉さんは、現状で一番頼れる相手であると同時に、事態の元凶でもあるのだと。

愛する家族の一員だが、最悪の敵でもある。

奇妙だがな。

「そういうわけだから、安心して頼るがいいぞ！」

己のそんな状況を、夕子《ゆうこ》姉さんは、心から楽しんでいるようだった。

まずはわたしから報告。

「わたしの方は、大きな問題はない。クラスメイトたちともうまくやれそうだし、メイにもしっかり事情を説明することができたぞ」

「……本当に、ちゃんと説明できたんですか？」

その場に居合わせることができなかった楓《かえで》が疑わしそうにしているが、わたしは胸を叩《たた》いて太鼓判を押した。

「ばっちりだとも！」

メイがなんか企《たくら》んでいるっぽいのは、言わなくていいか。

「ヨーシじゃあ、次はお待ちかね、今日のメインコンテンツだっ！　ほらっ、楓《かえで》！　夕子《ゆうこ》お姉ちゃんが悩みを聞いてやるぞ！」

妹の悩みを聞く台詞《せりふ》じゃない。

楓《かえで》は、剣呑《けんのん》なまなざしを姉さんに送ったものの、怒りをあらわにすることはなかった。

それだけ悩みが深いのだろう。彼女はしばし言葉をさまよわせて――

「この身体《からだ》になってみて……改めて……男が最低の生き物だとよくわかりました。こんなに……ひどい衝動が……あるなんて。いつもどおりにしていただけなのに……ただ、クラスメイトに囲まれただけで……」

真っ赤になって、うつむいてしまう。

とても悩みを正確に伝えることはできそうにない。

それを察した夕子《ゆうこ》姉さんは、しばし思案してから、

「んー……大勢の女子がすぐ近くにいると、例の問題が再発するというコトで合っているか？」

「……はい」

「千《ち》秋《あき》、男って好きな相手じゃなくても反応するの？」

はい嫌な質問～。

……だが、恥ずかしくても、ちゃんと答えなくてはな。

「場合によるが……今日の楓《かえで》と同じ状況なら、反応しても仕方ないと思う」

軽いスキンシップとはいえ、あれだけの人数にベタベタされていたら……。

変な表現だが、ベテランの男でもキツいかもしれない。

「ふーん」

姉さんは、わたしを見ながら、わずかに考え込んで、

「そもそも我慢するとか、可能？」

「……ある程度なら……できるんじゃ……ない、かな？」

「ん～？　おぉい……ちょっと自信なさそうじゃないか」

「そりゃあ──こういう技術について、男同士で教え合ったり、議論したりすることなどないからな！」

「ないの？」

「ないよ！」

自分以外の男性諸君に、ぜひとも聞いてみたいんだけど……ないよな？

――おい友よ、ふいにちんちんが大きくなってしまう事態を避けたいのだ。

――フム、それは我ら男にとって共通の問題であろうな。

――性的刺激に対抗する手段について、議論しようじゃないか？

――いいだろうとも。

――これは我が考案した手法なのだが……下着をはく際、上向きに収納するのはどうか。

――フム……多少大きくなってもバレにくい、か。

――しかり、されどタイトなボクサーパンツなどにはそぐわぬ。

――フッ、所詮ボクサーパンツなど短小のはき物よ。

――さよう、綿一〇〇パーセントのトランクスこそ至高。

ちゃんと確かめたわけじゃないが。

きっと世の男性は、こういう会話しないと思うんだ。

各自が我流……というか、手探りで下半身の制御方法を身に付けていく。

何年もかけて自然に上達していくものだと思うのだ。

だから十歳以上の男子たるもの、練磨された我流の技術はあれど、人に教えたことなんてないから、効果なんて保証できないのだ。

――という話をしたら。

わたしの姉妹は、呆《あき》れた顔をしていた。

「いまのアホな会話例、絶対千秋《ちあき》の考えだろ。ブリーフを卒業するとき、下着をはき比べてボクサーパンツの文句を言っていたのを覚えているぞ」

「あれはもう二度とはかない。きっつ、いたたたってなるから」

「どうでもいいので、早く問題解決の手法だけ教えてください」

すごい軽蔑のまなざし。

楓《かえで》が急《せ》かすので、わたしは元男として真面目にアドバイスをした。

「教室で使える手法だと……前にも言った、『嫌いな相手のことを考える』とか」

「悪化したので却下です」

「じゃあ……接近されたら『息を止める』『目をつむる』あたりか」

怪異への対処法みたいになってきたな。

ポマードポマードポマードと発声すると大丈夫、的な。

「どれも会話中、自然に行うのが難しいですね」

「ようは、心頭滅却して煩悩《ぼんのう》を振り払えばいい。すぐには難しいだろうが……」

「できる限り、意識してやってみます……女性とのスキンシップも……危険だとわかったので、控えるように……」

危険な状況を覚えて、そうならないようにする。

楓《かえで》は、男の基本戦術・初級を身に付けつつあるようだった。

「楓《かえで》、他にも悩みはあるのか？」

再び夕子《ゆうこ》姉さんが問うが、

「…………」

楓《かえで》はうつむいたまま黙り込んでしまう。

大きな悩みがありそうだ、というのはわかるのだが。

さすがの姉さんも、ノーヒントではどうしようもない。

「ほれほれ、言ってみ？　言ってみ？」

ずずいと耳を近づけて促す。すると楓《かえで》は、おずおずと耳打ちした。

「ふむふむ……ふむふむ……ほう……特に朝が辛《つら》いんだな……？　うむっ、なるほど」

妹の悩みを聞いた夕子《ゆうこ》姉さんは、大きくうなずいて、

「千秋《ちあき》！　アレがおっきくなってるときの『おしっこのやり方』を教えるのだ！」

「わあああああああああああああああああああああっ！」

泣きわめいて姉の口をふさぐ楓《かえで》。

この数日で、クールな妹が狼狽《うろた》える姿を、何度目にしたことだろう。

楓《かえで》にとっては最悪だろうし、わたしも嘘《うそ》偽りなく、不憫《ふびん》に思っているのだが……。

「……ええと」

いままで知らなかった妹の一面を見ることができて、新鮮な気持ちがあるのも、確か。

わたしは、そんな怒られそうな想《おも》いを噛《か》み殺《ころ》し、回答する。

「率直に事実を述べるが……大きくなってるとき、洋式トイレじゃ『小』はできないぞ」

「なにィ！　そうなのか！」

「……なんて不便な」

男にとっては当たり前すぎて、驚かれている理由がよくわからない。

「なんで？　どうして？　お姉ちゃんに教えてもいいぞ！」

「ちんちんは、大きくなると……」

「大きくなると？」

「自分の顔をロックオンして、おしっこの射程が三倍くらいに伸びる」

「顔に当たるってコトぉ!?　なんでそんなアホな仕様なんだよ!?」

「神に聞いてくれ！」

わたしは時間をかけて、そういうときは小さくなるまで我慢するか、男性用トイレを使うしかないことを説明した。無理やり洋式トイレで用を足そうとすると暴発の危険性があることもだ。

むう……。

我が人生で、まさか姉妹とトイレのやり方について議論することがあろうとはな。

「はー、千秋《ちあき》……男性用トイレって、よくできとるんだな。発明したやつ、ワタシと同等の賢者かもしれん」

夕子《ゆうこ》姉さんは感銘を受けているが、楓《かえで》はひたすら憔悴《しょうすい》している。

クラスのみんなも、まさか……憧れの楓《かえで》サマが家でこんな会話に巻き込まれているとは、夢にも思わないだろう。


家族会議が終わり、入浴タイム。

「……ふぅ」

湯船に肩までつかり、己の身体《からだ》を触ってみる。

ごつごつした筋肉など見る影もない、華奢《きゃしゃ》で柔らかい女の素肌。

力は弱く、すぐに疲れ、うまく動かせずにいる肉体。

湯煙の中、天井を見上げ、改めて思う。

女になって、喪《うしな》ったものは大きいと。

だけどそれ以上に、新しい生活は面白く、刺激に満ち満ちている。

鏡を見るだけで楽しいいし、着飾ればさらに楽しい。

クラスでも——思ったのとちょっと違うが——人気者だ。

そしてなにより、避けられ気味だった妹との接点ができた。

「だから、わたしは問題ない――……」

問題あるのは、楓《かえで》の方だ。

「たった数日で、ずいぶん追い詰められている様子だったものな……」

余程、部分的な性転換が負担になっているんだろう。

男特有のアレコレについて戸惑うことも多いだろうし、家族に相談するのだって恥ずかしい。

協力できることはしていくつもりだが……。

「はぁ……心配だ」

つぶやいて、立ち上がる。わたしの身体《からだ》を、ざあっと温かいお湯が流れていった。

脱衣所に出て、身体《からだ》を拭く。

ドライヤーを手に取り、最近家族に教わったやり方で、髪を乾かし、梳《と》かしていく。

ちっとも慣れない女性用の下着のみをはいて、バスタオルを肩にかけ、飲み物を求め冷蔵庫へと向かう。ペットボトルの水をごくごくと飲んで、

「ぷはっ」

口元を指でぬぐい、リビングを横切ったところで――

「「あ」」

ソファに座っている楓《かえで》と。

目が合った。

ぞくぞくっ――と、嫌な感触があった。

経験はないが、戦場で地雷を踏んだ瞬間、兵士はこのような感触を覚えるのではないか。

――もしかして、わたし、やらかしたのでは？

ジワリと汗が額ににじむ。

楓《かえで》は、一切動かずに、ジッとこちらを見続けている。

頬に朱が差し、目がうつろになっていく。

「八隅《やすみ》くん……私、昨日、お風呂《ふろ》の前に言いましたよね。いまは女の子になっているのだから、服を着てから脱衣所を出るように、と。たとえ家族の前であっても……マナーは必要だ、と」

楓《かえで》は、細かく震えながら苦しそうな声を出す。

妙な恐怖を感じたわたしは、蛇に睨《にら》まれた蛙《かえる》のような気持ちで、敬語になった。

「……はい。昨日はちゃんと着てから出ました」

「なら、なんですか……その、破廉恥な格好は……」

「きょ、今日はぁ……そのぉ……男だった頃のくせ……というか、無意識で」

あるじゃん！　そういうこと！　女になったばっかかなんだから！

洋式トイレに入るたびに便座を上げてしまったりさあ！

「前々から……見苦しい姿で家の中を歩くな、と……何度も注意しましたよね……？」

「最近はなにも言われてなかった、し……か、楓《かえで》？　なんか……雰囲気が……」

マジで大丈夫かこいつ？

自分の身体《からだ》を抱きしめて、前のめりになり、いまにも暗黒面に堕《お》ちそうな……。

「ほんっ……と……最低……男って、みんな、こ、こうなんですか……？」

それはきっと、わたしに向けた言葉ではなかった。

溢《あふ》れるような自己嫌悪《けんお》が伝わってくる。

同時に、

「ひっ」

唐突な寒気に、わたしは肩を跳ねさせる。

楓《かえで》の視線が、半裸のわたしに、くぎ付けになっているのがわかったからだ。

楓《かえで》はゆっくりと立ち上がり、少しずつ、少しずつ……こちらに向かって歩いてくる。

「か、かかか、楓《かえで》？　ふらふら近づいてくるのやめて？　怖いんだが？？？」

「私だって……こんなことしたくありません……！　ううう……でも、あたまが……おかしくて」

「お、おい……楓《かえで》……まさか……まさかおまえ…………わ、わたしに？」

猛烈な身の危険を感じ、後退《あとずさ》りしていくわたし。

楓《かえで》は、はー、はー、と息を荒らげて迫ってくる。

「八隅《やすみ》くんの、せいでしょう？　わたしがこうなっているのは……」

「！　くっ……！」

やがて壁際《かべぎわ》に追い詰められた。泥酔《でいすい》したように赤い楓《かえで》の顔が、目の前まで迫り――

どん、と、彼女の手が、わたしの顔のすぐそばを突いた。

「ひ……う……」

やばいやばいやばいやばい！

混乱してきてよくわからんが、この状況は絶対ヤバい……！

必死に両目を動かして、打開策を探る。

硬直した身体《からだ》は依然としてろくに動かず、魅了の視線に縫い留《と》められたままだ。

だが、わたしはそこで、ふと下を向いて。

「あ……」

い、い、い、い、とんでもないものを至近距離で目撃したショックで、一気に硬直が解けた。

「うぁああああぁぁん！　びぇぇぇぇぇ～～～～～！」

バスタオルを目くらましのように脱ぎ捨て、貞操の危機から、すっぽんぽんで逃げ出したのである。

「こっ、このわたしが……この八隅千秋《やすみちあき》があっ……こんな……こんなぁ……！」

情けないにもほどがあるっ！

間違いなく人生ナンバーワンの醜態であった。

泣き叫びながら階段を駆け上り、頼れる家族の下へと逃走する。

「うぇぇぇん！　夕子《ゆうこ》姉さぁ～～～～～～ん！」

ばん、と、扉を開けて部屋に飛び込む。

「今夜わたし、姉さんと一緒に寝るぅ～～～～～～～～～～～～～～～～～！」

「……ほへぇっ？」

可愛《かわい》いナイトキャップを被《かぶ》ったパジャマ姿の姉さんは、振り向くや戸惑いの声を漏らした。

「きゅ、急にどうし――えぇぇぇぇ!?　なんではだかなんだよおっ！」

「はっ！　こっ、これには……深い、わけが……」

現状を顧みてみよう。

ぱんつ一丁でお姉ちゃんの部屋に突撃する妹の図。

フハハ！　さすがの天才マッドサイテンティストでも、意味がわからんだろうな！

……わたしもだいぶ混乱しているようだ。

「……そんな格好で乗り込まれて、ワタシ、いったいどうすれば……？」

普段の不敵さはみじんもなく、姉さんはひたすらアワアワしている。

夕子《ゆうこ》姉さんの、風呂上《ふろあ》がりで火照《ほて》った頬が、さらに色味を深めていく。

「ち、千秋《ちあき》？　あのな？　女の子になったからってな？　えっちな妄想を現実にしようとするのは……お姉ちゃんどうかと思うぞ？」

「最悪な誤解をしているようだなあ！　──ちっ！　いまはそれどころじゃない！」

わたしは夕子《ゆうこ》姉さんへの説明を後回しにして、部屋のカギを閉める。

「ふぅ……これでよし」

「なんでカギを閉めたの⁉　はっ！　わ、ワタシを逃がさないつもりだな！」

「だから違うって！　風呂上《ふろあ》がりに半裸で歩いてたら、か、楓《かえで》が……！　わたし、襲われかけて……！」

「はぁ～？　襲われかけたぁ～？　いやいや……あの楓《かえで》だぞ？　確かにあの状態になると、普通の男よりもずっと興奮しやすくなるようだが……あいつがそんなコトするわけないだろー」

「楓《かえで》が一番嫌いそうなことを、自分でしちゃうくらいヤバイ状態だってことだよ！」

わたしは必死に訴えた。

ついさっきまでの自分もそうだったが、思春期男子の性欲を甘く見過ぎであると。

十年以上男をやっている連中でさえ、あの衝動を完全に飼い慣らすことができず、理性的な行動が取れなくなるものなのだと。

いかに潔癖症で男嫌いな楓《かえで》であろうと、なんの準備もなしにポンと渡されて、制御できるものではないんだって！　しかもいま『普通の男より興奮しやすくなる』とか言ってなかった？

わたしの訴えを、呆《あき》れ混じりに聞いていた夕子《ゆうこ》姉さんは、

「はいはい。わかったわかった」

いまいち事態の深刻さがわかっていない様子。

「いまのおまえは確かに色っぽいけどな？　そーゆー盛った報告はよくないぞ？　楓《かえで》を貶《おとし》めるよーなことを言うのもよくないし——夕子《ゆうこ》お姉ちゃんだって、可愛《かわい》さでは負けてないんだからなっ！　あんまり調子に乗らず——」

自分の悪行を棚に上げて、夕子《ゆうこ》姉さんがお説教モードになりかけたところで。

カギをかけた扉のノブが、

ガチャガチャガチャガチャガチャ！　ドンッ！

ドンッドンッ！


「「ぴえええええええええええええええええええええええ！」」

わたしたち姉妹は、憐《あわ》れにも涙目で抱き合ったのである。

まるでホラー映画の籠城《ろうじょう》シーンのようであった。

　夕子《ゆうこ》姉さんは、さっきまでの余裕の態度が嘘《うそ》であったかのように、ギュッとしがみついてくる。

「……こっ……今夜は、お姉ちゃんと一緒に寝ような？　な？」

「……だから言ったのに」

　窓の外。

　夜闇の中で、激しい春雷が、ずっと鳴り響いていた。

4章

翌朝。わたしは夕子《ゆうこ》姉さんの部屋で目を覚ました。

起きた瞬間、身体《からだ》の違和感に戸惑うが、そういえば半裸で寝たのだなと思い出す。

となりを見れば、夕子《ゆうこ》姉さんが、わたしと一緒に毛布にくるまって寝ていた。

「ふぁ……ぁ」

わたしは上体を起こし、両腕を挙げて伸ばす。それから姉さんに声をかけた。

「姉さん、夕子《ゆうこ》姉さん――起きてくれ」

「んん～？　まだ朝じゃないか……暗くなったら起こしてぇ」

昼夜逆転人間め。

わたしは姉の小さな身体《からだ》をゆすって起こす。

「姉さん、頼みがあるんだ」

「ふぁ……なんだよぉ……？」

「楓《かえで》の様子を見てきてくれ」

そう頼んだところで、夕子《ゆうこ》姉さんの目は、はっきりと覚めたらしい。

「……あれからどうなった？」

「わからない。わたしもいま起きたところで……」

「オイ、そんな状況で、ワタシを部屋の外に出すつもりだったのか？　お姉ちゃんが、えっちなけだものに襲われたらどうする……！」

「どうするって……自業自得《じごうじとく》だなと思うよ」

「グヌゥ……！　言い返せん……！」

元はといえば、すべて夕子《ゆうこ》姉さんが元凶なのだから。

わたしに当然の対応をされた姉さんは、上体を起こした体勢で毛布の裾をつまみ、しおらしい声を出す。上目遣いになって、

「千秋《ちあき》も一緒にいこ？」

「無理」

「なんでだ⁉　こんなに可愛《かわい》く頼んでるのに！」

「服を着てないから、楓《かえで》の前には出られないんだって！」

昨夜と同じことになるだろ！

「うごごご……それはそう」

両目を><《バッテン》にして、反論を封じられる姉さん。

わたしはさらに、こう言った。

「楓《かえで》の様子を見るついでに、わたしの服を取ってきてくれよ」

「ミッションが増えていく……」

「マッドサイエンティストなんだから、自衛くらいできるだろう。背中から機械《マシン》アームを生やして戦うとかさ」

「できるか！　ワタシはか弱く儚《はかな》い、清楚《せいそ》系マッドサイエンティストなんだぞ！」

ぷりぷり怒っていた夕子《ゆうこ》姉さんだったが、やがて諦めたように、

「フゥ……やむをえん……行ってくる！」

ベッドから飛び降りて、トコトコ歩いて扉へと向かう。

恨めしげに振り返って、

「ワタシが『助けて』って叫んだら、すぐに助けに来るんだぞ！」

そんな捨《す》て台詞《ぜりふ》を残して出ていった。

幸い――

姉さんが理性を喪失したけだものに襲われ、八隅《やすみ》家の家系図がバグって子孫が困惑するような事態にはならず、いつも通りの朝食風景と相成った。

……表面上は。

「…………こんなに死にたいと思ったのは生まれて初めてです」

正気に戻った楓《かえで》は、好物のカニサラダさえ食べられないような有様《ありさま》で、ひたすら食卓で落ち込んでいる。

無理もあるまい。楓《かえで》は昨日の出来事をすべて覚えているようなのだ。

千秋《ちあき》お姉ちゃんのハダカを見て、たまらず理性がフッ飛び、襲おうとした――なんて。

潔癖性の楓《かえで》にとって、耐えがたい記憶だろうから。

「そ、そう気にするな。ぜんぶ夕子《ゆうこ》姉さんが悪いんだから」

「私が私を許せないんです！　こんな……こんな……！」

自己嫌悪《けんお》ＭＡＸである。

かわいそうに。

「なあ、夕子《ゆうこ》姉さん。ひとりでパクパク食べてないで、なにか言ったらどうだ？」

「千秋《ちあき》、いつも美味《おい》しいごはんをありがとな！」

「どういたしまして。いや、そうじゃなくて」

「昨夜の件についてだろ？　まずはおさらいだ。楓《かえで》の『部分的な性転換』は、性的刺激を受けて興奮すると、ちんちんが生えてしまうというものだったが――」

しょんぼりとうつむいている楓《かえで》の耳が、赤くなった。

姉さんは構わず続ける。

「この症状……あえて症状と呼ぶが――少しずつ悪化している。『部分的な性転換』が再発しやすくなってきている、ということだ」

「おいおい……」

シャレになってないぞ。

楓《かえで》のやつ……うつむいていて顔が見えないが……絶望のオーラが漂っている。

いつも背筋をピンと伸ばして、シャンとしている妹なのに……。

こいつが猫背になってるの、はじめて見たよ！

わたしが夕子《ゆうこ》姉さんにアイコンタクトを投げると、彼女は焦《あせ》った様子でうなずいた。

「も、もちろん、なんとかするつもりでいるとも！　そのうちな！」

「そのうち」

「ちゃんと進展してるから！　がんがんデータが集まっているし！」

夕子《ゆうこ》姉さんは、実験の詳細について超早口で語ったのだが、専門用語が多すぎて、ほとんど理解できなかった。

理解できた部分を要約しよう。

夕子《ゆうこ》姉さんは、性転換実験を行うにあたって、わたしたち双子の体内にセンサーを埋め込み、そこからデータを集めていると白状した。

でもって。

この家や、学内拠点にしている保健室にも、複数のセンサーが仕込まれているらしい。

順調にデータが集まっているが、悪化しつつある楓《かえで》の症状を改善させるには、一週間ほどかかる見込み——とのこと。

「家族の身体《からだ》に、勝手に変なものを入れないでくれ」

勝手に性転換してしまう人に言っても無駄かもしれんが。

長話に一区切りがつき、夕子《ゆうこ》姉さんはコホンと咳《せき》ばらいをひとつする。

「で、だ。話を戻すぞ。昨夜の楓《かえで》についてだが……」

「！」

うつむいていた楓《かえで》が、真っ青になった顔を上げた。

姉さんはこう続ける。

「一気に強力な刺激を受けると、あのように理性が飛ぶものと思われる」

「り、理性が……」

「女に囲まれてスキンシップ攻勢を受けるくらいなら、ちんちんが生えるだけで済むが……千《ち》秋《あき》のマッパを目撃するのはアウトということだな」

「ぱんつははいてたから」

ちゃんと訂正するわたし。

「わ、私が……八隅《やすみ》くんにだけ反応するみたいな言い方はやめてください！」

「ム、それは確かに検証不足だな。はたして楓《かえで》は……千《ち》秋《あき》以外のハダカを見たときにどうなるのか。千秋だけなのか、そうでないのか……」

「その実験は許可しないぞ」

さすがに楓《かえで》の負担が大きすぎる。

もう一度、昨夜と同じ状態になれと言っているようなものだろう。

「どうしてもというなら、姉さんが脱いで試すんだな」

「おい！　夕子《ゆうこ》お姉ちゃんをえっちな目に遭わせようとするのはやめろ！」

家族会議を兼ねた朝食は、騒々しく進み――

「結論としては……いままで以上に気を付けて学校生活を送ることだ。加えて、千秋《ちあき》は貞淑な振る舞いを身に付けるように」

「……はい」

「善処しよう」

「えろい女の子には近づかない！　トラブルには近づかない！　お姉ちゃんには優しくする！　この三つを意識するがいいぞ！」


わたしと楓《かえで》は、一緒に登校することになった。

「繰り返しになるが、家の外ではなるべく一緒にいるようにしよう」

「……やむを得ません。いまの状況でひとりきりになるリスクは、わかっています」

そんな事務的な会話をしながら、学校への道を並んで歩く。

すると、背後から駆け足の音が聞こえてきて、

「おはよーっ！　千秋《ちあき》！　楓《かえで》！」

『埼玉県でもっともえろい肉体を持つ女子高生』ことメイが、わたしたちに抱き着いてきた。

がばっと飛びつき、ふたりの肩に、豊満な胸が当たるような感じでだ。

「ギャー！　お、おまえ！　なんということを！」

「あ〜、なぁに〜？　照れてるわけ？」

「そんなんじゃない！」

「ぷぷっ、千秋《ちあき》ってば意外と純情ぉ〜♪　女同士の軽いスキンシップじゃーん」

「わたしが男だった頃からやっていただろうが！　この破廉恥女子めっ！」

「あんた以外にやるわけないでしょ！」

「お、幼馴染《おさななじみ》だからって、なにをやっても許されるというわけじゃないんだからな！」

「それ男側が言う台詞《せりふ》!?」

ま、まったくこいつは……。

今日はわたしだけでなく、同性である楓《かえで》に対しても、やってはならぬことだというのに……。

「め、メイ……おはよう……！」

がちがちに硬直しながら、朝の挨拶をする楓《かえで》。

——あぁ……これは……学校に到着する前にゲームオーバーかもしれん。

内心ハラハラで見守るわたし。

「……め、メイ、あんまり楓《かえで》に触るなよ」

「あら、また嫉妬？　しょーがないから、ふたり同時に抱き着いてあげたのにぃ〜♪　まだ不満なわけ～？」

なんにも知らずにいい気なもんだ！

わたしとメイ、いまわりと貞操の危機だからな！

「昨日あたし『恋を教えてあげる』──なぁんて言ったけどさー。実はあんた、もうあたしに惚《ほ》れちゃってるんじゃないの？」

「そんなことはない。いいから離れろ」

「はいはい」

メイはわたしをバカにしつつも、わたしたちから身体《からだ》を離す。

嫌がられたことは素直にやめる。

いいやつなのである。

わたしたちは、三人並んで歩きだす。

そこで、すかさず楓《かえで》が、渾身《こんしん》の言い訳。

「メイ、私、すこし風邪気味なんです。だから、近づかない方がいい」

「あ、そうなんだ。お大事にね……」

「ところで、八隅《やすみ》くんに『恋を教える』ってなに？」

「うぐっ……そ、それは……そのぉ………」

そんな親友同士の会話を、わたしはジッと観察していたのだが。

よーし！　楓《かえで》は、ギリギリ耐えきったらしいな！

それからしばらく、メイが口を滑らせた『八隅《やすみ》千秋《ちあき》に初恋を教える宣言』について……楓《かえで》からメイへの尋問が続いた。

根こそぎ事情を吐かされたメイは、恥ずかしそうにしていたが、やがて気を取り直して、

「楓《かえで》、風邪気味なんでしょ」

そう切り出した。

「じゃあクラスのみんなにも、上手《うま》いこと言っといた方がいいよね。そうしないと、きっとまた楓《かえで》に、すごい集まってきちゃうからさ」

「うん、お願いできる？」

「まーかせて」

やだ、女子グループのリーダー心強い……。

みんなに好かれている理由が超わかる……。

そんなメイに、わたしは、さりげなくこう切り出した。

「今日からしばらく楓《かえで》の代わりに、わたしがちやほやされたいんだけど、クラスのみんなに、メイから上手《うま》いこと言ってくれない？」

「バカじゃないの？」

「ずるい。楓《かえで》のお願いは聞くくせに」

「は～？　あんた、これからあたしに初恋をするんだから、他の女にちやほやされる必要ないでしょ？」

「『恋を教えてあげる作戦』については大歓迎だが、それはそれとしてちやほやはされたい」

たくさんの女の子にモテてみたいのだ。

「「……最低」」

楓《かえで》とメイがハモった。

じと～っとわたしを睨《にら》んでいたメイだったが、額に指を当てて考え込んで、

「えーと、それって、こういうコト？　初恋をするために、あたしに頼りきりになるわけにはいかない――的な」

めちゃくちゃ好意的に解釈してくれている。

「メイ、八隅《やすみ》くんがそこまで深く考えているわけないです」

「そうだぞ、メイ」

「なんであたしが責められてるの!?」

「いいか？　もう一度、ちゃんと説明するから聞いてくれ」

わたしは堂々と胸を張って、夢を語る。

「わたしは恋をしてみたい。運命の相手を見つけて、楽しくデートをしたり、イチャイチャえっちなことをしたりしたい。ただ、それはそれとして、たくさんの女の子に好かれたり、千秋《ちあき》

様ぁ～ってキャーキャー言われたり、学内でファンクラブを作ってもらったりしたいんだよ」

「よくそんな醜い願望を、夢と同列に語れるわね……誇らしげに……」

「死んだ方がいいんじゃないですか？」

「そんなんだからモテないのよ。あたしが邪魔するまでもなく」

「ぐぬぬ……」

次々に罵倒が飛んでくる。

「ちーくん、さ」

声のトーンを下げ、お説教モードになるメイ。

「そういうふざけた考えが出てくるのって、やっぱり恋を知らないコトが原因なんじゃない？　一度でも本気で恋をしたなら、『好きな人以外からも好かれたい』なんて思うわけないもの」

「そう、か？」

イマイチ納得いかないが、恋を知らないからだ——と言われれば頭ごなしに否定もできん。

「そうよ。ちゃんと矯正してあげるから、安心しなさい」

メイは、自信ありげに胸を叩《たた》き、

「さっそく作戦を考えてきたの。あんたに恋を教えるために——」

「今夜、泊まりに行ってあげる！」

なんということだ……。あれほど夕子《ゆうこ》姉さんに念を押されていたというのに……。

えろい女の子には近づかない！　トラブルには近づかない！

いきなりふたつも、禁を破ってしまったらしい。

メイの作戦を聞いた楓《かえで》は、真っ青になって絶望していた。


放課後。予告通り、メイが我が家にやってきた。

「おっ邪魔しまぁーす！」

わたしと楓《かえで》に連れられ、元気よくリビングに入ってくる彼女の両手には、買い物袋。

「よぉーし、さっそくキッチン借りるわね！」

「……め、メイ、手伝います」

ドえろい服装でやってきたメイを警戒しつつも、なるべくいつもどおりに振る舞いたい。

そんな葛藤をにじませながらも楓《かえで》がそう申し出るが、メイはあっさり断った。

「だめだめ、楓《かえで》は寝てなさいよ。風邪気味なんでしょ？　ごはんできたら呼ぶからさ」

そう。なぜわたしたちが『メイの八隅《やすみ》家お泊まり会』などという、ハイリスクな提案を受け入れてしまったのかというと。

楓《かえで》が言い訳に使った『風邪を引いてしまったから、そばに寄らないで欲しい』という口実のせいだ。純粋な親切心を発揮したメイが『あたしが看病してあげる』と言い出したのである。

『千秋《ちあき》をあたしに惚《ほ》れさせる作戦の一環にもなるから！』

『美味《おい》しい手料理を振るまって、家族全員惚《ほ》れさせてやるわ！』

などとイイ笑顔で言われてしまっては……。

「うん……わかった。大人しく寝てます。……メイの手料理、楽しみにしてる」

「まっかせて」

親友の厚意に弱い楓《かえで》が、抵抗できるはずもなかった。

仮病中の楓《かえで》が部屋へと戻り、メイはキッチンへ。わたしもメイのあとに続く。

「ゆー姉って、何時ごろ帰ってくるの？」

「もうすぐ着くって、ついさっき連絡がきたぞ」

「ふーん。なら、もう作り始めてもいいわね。——って、なんでとなりに来るわけ？」

「なに作るのかなーって」

「雑炊よ。風邪には、消化に良《い》いものの方がいいでしょ？」

メイはエプロンを装着し、手際《てぎわ》よく夕食の支度をはじめる。

「メイって、料理できるんだっけ？」

「小学生の頃、家庭科の授業で同じ班になった男の子が、す〜っごく嫌なやつでさあ」

おや、急に過去話がはじまったぞ。

「ちょっと料理ができるからって、あたしの作るものに、いちいちダメ出ししてくるわけ。もっとこうした方がいいぞ〜とか、調味料の分量はこうだぞ〜とか、俺に貸してみるがいい〜とか、逐一教えようとしてくるわけ」

「なんて偉そうなやつだ。そいつ絶対モテないぞ」

「八隅《やすみ》千秋《ちあき》っていうんだけどね」

「…………………………」

「超悔しくて、練習したの。そいつに負けないくらい料理上手になってやるぞーって」

「ほ、ほう……それで、成果は？」

「ようやく思い知らせてやれそうで、わくわくしてる」

メイはそう言って、ニヤリと不敵な笑みを浮かべる。

女になってから、数日。

男だった頃の自分がモテなかった理由を、毎日のように突きつけられている気がする。

味見をさせてもらった雑炊は、シンプルだからこそ腕前がはっきりとわかる料理で。

まぁ……ようするに、美味《おい》しかったということだ。

ふっ、なかなかやるじゃないか。

わたしたちは、できたての雑炊を持って楓《かえで》の部屋へと向かった。

「……別にあんたは付いて来なくてもいいんだけど」

「メイと楓《かえで》を、ふたりきりにさせるわけにはいかん」

「またそれ？」

シャレにならないトラブルを避けるための処置なのだが。

メイのやつは、また妙な勘違いをしてわたしをからかってくるんだろう。

そう覚悟していたのだが……。

「なんかさぁ、千秋《ちあき》、変わったわよね」

メイの口から出てきたのは、そんな言葉だった。

「そりゃあ……性別が変わっているからな」

「内面のハナシ。男の頃より、察しがよくなってるっていうか……無神経さが減ってるっていうか……そう、思慮深くなった気がするわ。ほんのちょっぴりだけね」

「おいこら、男の頃はバカだったという意味か？」

「いまもバカよ——それは変わらないし、絶対男に戻してやるって方針も変えるつもりないけど」

メイは、お盆を両手で持ったまま、ふふっと微笑《ほほえ》み、

「いい感じなんじゃない？　いまのあんたも」

じわり、と、胸が熱くなる感覚。

それを表に出すのがはばかられて、咄嗟《とっさ》にわたしは笑ってごまかした。

「フハハ、そうだろう？　メイもようやくわかってくれたようだな。ニュー千秋《ちあき》様の魅力を」

「はいはい、言ってなさい」

わたしの軽口を流したメイは、楓《かえで》の部屋の扉をノックした。

ほどなくして扉が開き、パジャマ姿の楓《かえで》が姿を現す。先んじてメイが言った。

「楓《かえで》、ごはん食べられそう？」

「うん、おなかすいてます」

「そう、よかった」

見てのとおり。

わたしに対してあんなにも冷たい楓《かえで》なのに、メイの前だと柔和な態度になりおる。

ふたりのこの関係は、いまに始まったことじゃない。

誤解を招かぬよう、性転換実験とは無関係だと言っておこう。

全員で部屋に入る。

メイはテーブルに鍋を置くや、ごく自然な流れで、楓《かえで》のひたいに自分のひたいを当てた。

「んー、やっぱ少し熱あるわねー……………ありゃ、上がってきたかも？　もう病院行った？」

「……………ね、姉さんに、診てもらった」

「ちゃんとしたお医者さんに診てもらった方がいいよ？」

「…………………うん、そうする」

………………………………………………………………………………カップルかな？

って、そんな場合じゃない！

いきなりスキンシップかよ！　恋を教える相手間違ってない⁉

改めて実感する。楓《かえで》が学校生活に苦慮している原因の半分以上がメイにあると。

こいつ、自分の外見がえろえろで、周囲の男をガンガン魅了してしまうことを自覚していないわけはないのだが……。

まさか同性の親友にちんちんが生えているとは思わんだろうから……。

配慮してくれるわけもない。

あー、どうしよう。

どう見ても、やばばばばな状況だが、割って入って引き離すのも難しい。

わたしにできるのは、せいぜい楓《かえで》の股間を注視していることくらいだ。

やがて熱を測り終えたメイは、本当に風邪を引いたみたいに赤くなって、ぼーっとしている楓《かえで》を、鍋の置かれた座卓の前に座らせる。

でもって、

「はい、あ～～～～～～～～～～～～～～～ん」

「あの……恥ずかしいです」

「いいからいいから、ほーら、あ～～～～～～～～ん」

「あ……ん」

……いや……なにを見せられているんだ、わたしは……？

兄には冷たく、姉にも冷たく、男にはキツく、女には一線を引く。

そんな楓《かえで》が唯一、親友だとハッキリ認めているのが西新井《にしあらい》メイという女の子で。

それはじゅうぶんによくわかっていたつもりだったんだが……。

メイいわく、思慮深くなったわたしは、いまさら……。

こいつら、なんでこんなに仲がいいんだろう？

生まれて初めて、そんな疑問を抱いた。

「なぁ」

羞恥のあーんタイムが一区切りしたところで声をかける。

「どしたの、千秋《ちあき》？　あたしの献身的な看病を見て、恋に落ちちゃった？」

「いや別に──って、もしかしてコレ、作戦の一環だったのか？」

「そういうわけじゃないけど。いまのあたし、我ながらいい女だったなーって」

自分で言わなきゃ、もっといい女だったのに。

「なるほど……献身的な看病……そう言われてみれば、魅力的な姿だったかもしれない」

「でしょ？　でしょ～？　えへへ……なんで言われなきゃわからないのよ！」

上機嫌から一転、怒りを露《あら》わにするメイ。

「楓《かえで》とメイが、あまりにも仲良しすぎて動揺してたんだよ。もしかして付き合ってるの？」

「付き合ってねーわよ！」

「ばばば、ばかじゃないですか⁉」

ふたりそろって猛烈に疑惑を否定。

「じゃあなんで、そんなに仲がいいんだ？」

「はあ？ そんなの、自分でもよくわかんないっての。友達と友達でいる理由なんて、たくさんありすぎて言葉になんてできないわ」

「そういうものか」

「そーゆーものよ」

なるほど。メイの言い分には納得できる。

一方で、楓《かえで》は微動だにせず無言のままだ。

「楓《かえで》だって、同じよね？」

メイにそう振られて、楓《かえで》は首を横に振った。

「いいえ。私が、メイと親しくしている理由は、はっきりしています」

「おぉ……それってなにか、聞いてもいい？」

「他の女の子のように、私を特別扱いしてこないからですよ」

「あ〜……楓《かえで》にとっては、それ、大事よね」

うんうん、と、頷《うなず》くメイ。わたしも深く納得した。

あらゆる女を魅了してしまう楓《かえで》だが。

楓《かえで》自身が女なので、強すぎる好意を向けられるのは困るのだろうな。

女の子にモテすぎて困るとは、なんとも羨ましい悩みである。

「そういうことです。ですから、メイ……今後とも、よろしくお願いします」

「うわ照れる〜」

頬を指でかいて恥じらっていたメイは、やがて……。

「もちろんよ」

そう、穏やかに会話をしめた。


キッチンから水音が聞こえてくる。

メイが食事の後片付けをしてくれている間、わたしは、リビングのソファで、あやとりをしながら考え事をしていた。

あやとり。説明不要だろうが、指に絡《から》めた紐《ひも》で、さまざまな形を作る遊びである。

わたしは女になってからというもの、食事中、箸をぽろぽろ落とすレベルで不器用になっている。ご存じのとおり、ブラジャーさえ、ひとりでは着けられない。

そこで、夕子《ゆうこ》姉さんに薦められた練習法《リハビリ》を試しているというわけだ。

現状、包丁すら怖くて握れない。おかげで料理のレパートリーも、大半が封印中という有様《ありさま》。

「せめて洗い物の手伝いくらいはできるようにならんとなぁ」

スマホであやとりの解説動画を眺めながら、指を動かす。

同時に、考え事を進めていく。

目下の窮地である『メイのお泊まり会』についてだ。

「わたしがやるべきは……楓《かえで》の秘密を守り、メイを無知ゆえの身の危険から遠ざけること……」

結論からいうと、順調である。

「いきなりカップルのよーなスキンシップをおっぱじめたときはハラハラしたがな……」

なんとか無事に乗り切ることができた。

もしかしたら看病されている間、楓《かえで》は生えてしまっていたのかもしれないが……が！

バレなかったんだからセーフ！　暴走せずにいられたのだからセーフ！

そういうことである。

さて。

お泊まり会において、続いてのハイリスクイベントは『入浴』だが……。

「これも問題ないだろう、たぶん」

風邪を引いているふりをしている楓《かえで》は、部屋から出てこないのだから。

トラブルの発生源が不在であれば、問題が起きようはずもない。

これで一安心だな！

「ワハハ！　さすがわたし、完璧なプランよ！」

「なに笑ってんの？　洗い物終わったわよ」

メイがリビングに戻ってきた。

「すまんな、手伝えなくて！」

「いーわよ別に。家事が得意なところ、あんたに見せられたわけだしね」

どんっ！　とわたしの隣に座って、至近距離から、

「どう？　ときめいた？」

「いや、まったく」

「あっそ」

メイは唇を尖《とが》らせる。しかし本当に不機嫌になったわけではないようで、すぐに笑顔になった。

「気にしないでいーわ。いまのなんて、ほんの小手調べだもの。本番はこれからこれから」

……自信満々だなこいつ。

心配事も軽くなったことだし、聞いてみようか。

以前も似たような質問をしたが――

「メイ、このお泊まり会で、わたしに恋を教える――なんて言ってたが、具体的にどうするつもりだ？」

「あたしのような超美少女と一つ屋根の下で暮らす。非モテのあんたにとっては、夢のようなシチュエーションじゃない？」

「原因を作っていたやつに言われたくはないが。嬉《うれ》しいっちゃ嬉《うれ》しい」

恋愛的なあれやこれやはまったくないが、親しい友達が遊びに来てくれたという高揚は、しっかりと感じているぞ。

「へ～え、嬉《うれ》しいんだ～？」

「だが、それだけではダメだろうな」

「……は？　なんでよ？」

「わたしたちは半分家族みたいなものだし、おまえがただ泊まりにきただけじゃ、なにがどうなるとも思えん」

「……む。……ま、まぁ、それは……そうよね。わりとよく遊びに来てるし。泊まるのは久しぶりだけど……やっぱり、それだけじゃあ弱いわよね」

「だろ？」

「じゃ、じゃあ、さ」

すぐとなりに座っているメイは、わたしにそっと耳打ちして、

「あたしたち……付き合ってみない？」

「――――」

きゅ、と、胸からそんな音が聞こえた気がする。

目を見開いて硬直したわたしに、メイは焦《あせ》った様子で、

「か、仮によ！　仮に！　あくまで『あんたに初恋をさせる』っていう作戦の一環として！　お試しで付き合ってみるのはどうって提案！」

「な、なんだ……お試しか」

「そ、そうよ！　お試し！　ほ、ほら、あたしみたいに可愛《かわい》すぎる女の子と付き合ったらさ――あたしに惚《ほ》れちゃうと思うでしょ？　順番逆になっちゃうけど」

なるほど……そういう理屈……。

自己評価高いなこいつ。

「てっきりメイは『女の子が好きな人』で、超美少女になったわたしに惚《ほ》れたのかと思った」

「なわけないでしょバカ！」

「す、すまん」

すぐ間近で、本気の怒りをぶつけられたわたしは、珍しく素直に謝った。

「もう一度だけ言ってあげるからよく聞きなさい。あたしは、あんたを、男に戻したいの！

そのために、お試しで付き合ってあげようか――ってありがたい提案をしてあげてるのよ！」

「はい」

素直にお返事してしまう。両手でバンザイをしながらだ。

きっとメイと付き合った男は、愛の告白やらプロポーズやら『人生の区切り』のたびに、こういうやり取りをさせられるのだろうな。

メイはわたしの肩を自分の肩でつついて急《せ》かす。

「で？　返事は？」

さて、メイの提案について、どう返答したものか。

うーむ……すこし話がそれるが……。

わたしは男のままでは初恋ができない。

そう思う大きな根拠を、もうひとつ言っておこう。

八《や》隅《すみ》千《ち》秋《あき》が男だった頃、メイに、さ、え、ときめかなかったからだ。

家族同然に育ったから……異性として意識したことがなかったから……。

だとしても、男限定であれば楓《かえで》以上にモテるメイに。

誰よりも良《い》いところを知っているメイに。

誰より性的魅力に溢《あふ》れているメイに――

いままでまったく惚《ほ》れなかったというのは……さすがにおかしいという自覚がある。

一方で、こうして女になって、大きく状況が変わって。

いまのわたしは、メイに対して、ほんのわずかにときめいている……かもしれない。

男だった頃よりもさらに、女性に対して、えろい気持ちを抱きにくくなっているというのにだ。

つまり、男から女になったことで……わたしの恋愛感情を阻害していたなにかが、消《き》え失《う》せているのではないか。あるいは恋愛感情を育むなにかが、芽生え始めているのではないか。

そんなふうに思うのだ。

だから『お試しでメイと付き合ってみる』というこの提案。

わたしが初恋をするための方策として、ものすごく有効そうな気がする。

そうやってしばし考え、わたしは言った。

「メイって、彼氏いたことある？」

「は、はあっ？　急になによ？」

「女同士の恋バナだ。ちゃんと返事をするための情報収集ともいう」

「彼氏なんていたことないわよ。もちろん……彼女もね」

「そうか」

意外、でもない。ド派手なのは外見だけで、中身は普通の女の子なのだから。

「実はわたしも、生まれてこの方、恋人がいたことがない」

「知ってるわ。だからなに？」

「わたしたちはお互い初めて同士、ということになるだろ。その、『初めてのお付き合い』をさ……お試しで消費してしまうのって……どうなの？」

「なんかピュアな乙女みたいなこと言い出したわね」

「フッ……実際、いまのわたしはピュアな乙女だからな」

「きもっ」

わたしに、こんなひどい言葉をぶつけてくる女は、家族以外ではメイしかいない。

この得難《えがた》い関係を、大切にしたいものだ。

「そんなわけで、メイとの『お試しのお付き合い』はやめておこう。付き合うのなら、本気の恋であるべきだ」

「ふーん、あっそ。あ～あ、こんなチャンスを逃すなんて。あんた、もったいないことしたわね」

「代わりに提案がある」

わたしは、肩がくっつく距離で座るメイに、指を一本立てて見せる。

「メイ、わたしの女友達《ガールフレンド》になってくれ」

「え……っ？」

「わたしは女の子初心者なんだ。急な関係変化は、望ましくない。いつも通りとは少しだけ違う……お友達からはじめよう」

「はっ……なによ、それ」

困惑まじりの苦笑。

「あんたと女友達ねぇ～……恋をしたいんじゃ、なかったっけ？」

わたしはメイに、幽《かす》かなときめきを感じている。

できることなら、じっくりと、大切に育てていきたいと思っている。

だから……お友達から、はじめたい。

もちろんそんなこと、面と向かって言えるわけもない。

なにせわたしは、ピュアな乙女なのだから。

「大丈夫だ、安心しろ。楓《かえで》とのやり取りを見ていて、よ～くわかった。わざわざ『お試し』なんかしなくても……」

そなたは、もう、じゅうぶんにえろい。

そう言ったら、真っ赤になって怒っていた。

そんなことがあった翌朝。

「ふぁ……あ」

早くに目を覚ましたわたしは、あくびを噛《か》み殺《ころ》しながら洗面所へと向かう。

「ふっふっふっ……メイが泊まりにくるなどと言い出したときは、どうなることやらと心配したが……」

フハハッ、ま～ったく問題なかったな！

メイの無自覚な誘惑から、よくぞ楓《かえで》を護《まも》り切ったものだ。

さすがわたし！　よくやったぞ！

自画自賛の言葉を、脳内でたっぷりとリフレインする。

好きな人に褒められるというのは、幸せな人生を送るために大切なことで。

だからわたしは、いつだって、わたし自身を褒め称《たた》えられるよう生きるのだ。

――そうやって。

すっかりご機嫌になっていたわたしは、油断していたのだろう。

夜の入浴タイムを過ぎたいま、デリケートな状況にある我が妹に、えろえろな刺激を与えてしまうようなハイリスクイベントなど残されてはおるまいと。

「ん？」

洗面所兼脱衣所に入ると、浴場からシャワーの音が聞こえてきた。

「誰か入ってるのかー？」

水音にかき消されぬよう、やや大きな声で呼びかける。

と、浴場の扉の向こうから、返事があった。

「ええっ、千秋《ちあき》!? そこにいるの？ 絶対開けないでよね！」

おおっと、メイか。

「開けないって。ってか、お風呂《ふろ》、昨夜も入ってなかった？」

「あたしは朝も入るの！」

「そうか。時間には余裕があるから、ゆっくりでいいぞ」

わたしはそのまま洗面所にて、楓《かえで》から習った朝のルーティンをはじめた。

洗顔やら、スキンケアやら……正直、どれも面倒なものばかりだが。

己の美しさを維持するためだと思えば苦にはならない。

男だった頃よりも、日々行うべき『自分磨き』の種類が、一気に増えて……むしろ楽しくさえある。まぁ、今日に限っては……イマイチ集中できないのだが。

背後から聞こえてくるシャワーの音。

幼馴染《おさななじみ》の美少女が、扉一枚隔てた向こうで入浴していると思うと、なんとなく居心地が悪い。

「むぅ……不思議だ。メイ相手に……こんなふうに思うとは」

こうして女の身体《からだ》になってみて。

男の頃よりもさらに、女性の性的魅力に対して、鈍くなっているという自覚がある。

なのに男の頃よりも、メイを意識してしまっているのは何故《なぜ》なのか？

さっぱりわからないが——

「千秋《ちあき》ぃ～、あたしそろそろ出たいんだけどー。いつまでそこにいるつもりなの～？」

「はいはい！　いまどくから！」

考え事を打ち切って退散する。

と、今度は楓《かえで》と出くわした。

「おはよう、楓《かえで》」

「……おはようございます、八隅《やすみ》くん」

「今朝も早起きだな」

「……お風呂《ふろ》に入りたくて」

仮病で寝込んでいたはずの妹は、顔色が悪く、ぼーっとしている。本当に風邪を引いてしまったのか……あるいは窮地が続いているせいで、ろくに眠れなかったのか。

わたしはそんな心配をしながら、妹とすれ違ったあと、数秒歩いて………。

「ん？　待てよ？」

ふと気づいた。

――いま、楓《かえで》は、どこに向かっていた？

「あ！　楓《かえで》！　ちょ、待っ――」

振り向きざまに止めようとするが、時はすでに遅し。

「うわ、ごめん楓《かえで》！　いたんだ⁉」

「――め、メイ……⁉」

脱衣所に入っていった楓《かえで》は、浴場から出てきたメイと、ばったり鉢合わせになってしまったのである。もちろんわたしの位置から、メイの姿は見えないが……状況は明白だろう。

「お、終わった……」

取り返しのつかない事態に、わたしは震えた。

先日、楓《かえで》は、世界一の超美少女であろうわたしの半裸を見て、理性を喪失してしまったのだ。

えろさだけなら、わたしさえも超えるであろうメイの全裸など目撃してしまったら！

あああああああああ！　大暴走間違いなしじゃないか！

狼狽《うろた》えている場合じゃない。もはやこれまで。

メイの貞操だけは守ってみせる！

「そ、そこまでだ！」

覚悟を決めて脱衣所に飛び込んだ。

そこでわたしが目にしたのは、

「っ……！」

「おわっ！」

目に涙を滲《にじ》ませて脱衣所から走り去ろうとする楓《かえで》の姿。

妹は強くわたしにぶつかりながらも、まろび出て行った。

その様子は、例の——生えてしまったときとまったく同じで。

それ以上でも以下でもなく。

つまり、ぎりぎりで理性を保っているようであった。

先日、わたしの半裸を目撃したときとは、違って。

「バカな……た、耐えきったというのか……？」

あの……えっろいメイのマッパに？

楓《かえで》すげえ。やるな……さすがは鋼鉄の潔癖性。さすがは氷の王子。

妹の精神力を賞賛していたわたしであったが、そこに、

「ちーくん？」

恐ろしい声が響く。

「め、メイ……？」

そこでようやくわたしは……目の前を認識した。

楓《かえで》のせいで意識の外にあったが。

楓《かえで》を逃走に追い込んだメイの全裸姿は、ずっとわたしの目前に、デンと存在していたのである。

腕で辛《かろ》うじて隠された大きな胸。

それから視線を上げれば、怒りと羞恥がない交ぜになった、美少女の笑顔。

「なにか、言いたいことは？」

「…………お返しに、わたしのはだかも見る？」

精一杯の誠意はメイに届かず、特大の雷を落とされた。


脱衣所を追い出されたわたしは、トボトボと歩きながら思考する。

「うーむ」

やっぱり単純なえろさではないのだよなー。

たったいま、不可抗力で、メイの裸身を目撃してしまったわけだが。

わたしの胸でくすぶる幽《かす》かなときめきには、動きがない。

ほんのすこし揺らめいたかもしれないが、それだけである。

唯々《ただただ》、申し訳ないことしたなぁという気持ちが強い。

九割九分の男子が夢中になるであろう光景が、男だった頃の八隅《やすみ》千秋《ちあき》でさえ生理的な反応を抑えきれないだろう光景が、いまのわたしには刺さっていない。

女になって初めて生まれつつあるわたしの恋心は、いまのところ、メイのエロスを求めてはいないようである。彼女の……もっと違う部分に反応している気がする。

「恋心とは……いったい……」

悩ましくうめきながら、階段を上る。

楓《かえで》の部屋の前に立ち、扉をノックする。

「楓《かえで》、大丈夫か？」

返事がない。一階には姿が見えなかったので、ここにいるのは間違いない。

「開けるぞ」

扉を開ける。室内はカーテンが閉め切られており、薄暗い。

楓《かえで》はパジャマのまま、ベッドの上でうずくまっていた。

「勝手に入っていいなんて……言ってません」

「様子を見に来たんだが……まったく大丈夫そうじゃあないな」

いつも冷静で、わたし以上に完璧超人な妹が、わたしの前でしょぼくれている。

ここ数日で、幾度も目にした光景。内心複雑で、どう声をかけたものかと迷っていたのだが。

「やるじゃないか」

本人の前に立ったら、するっと言葉がすべり出た。

「メイの無自覚な誘惑に、よく耐えたな」

「……偉そうなことを」

楓《かえで》は悪態をついて、己の両ひざに顔を付けるようにうつむく。

「……ふふ……ふふふ……好きなだけ笑ってください。……いまの私は……ずっと自分が嫌悪《けんお》していた男たちと同じ……いいえ、それ以下です」

思ったより落ち込んでるな！

笑い声が怖いぞ我が妹。

「気にすることはない。だってそれは、病気みたいなもんだろう」

本心からの言葉をかけた。

確かに楓《かえで》とは、ここ数年、距離を感じていたし、冷たい態度ばかり取られてきた。

しかし弱った姿を見続けたいなんて、まったく思わないのだ。

楓《かえで》には、今後も強力な宿敵であって欲しい。

そう思う。

楓《かえで》はうつむいたまま、ぼそぼそとつぶやく。

「病気だとしても……自分で自分を許せません。こんな……下劣で、破廉恥で……いまだって、少しでも油断すれば……女性の胸元から……目が離せなく、なって」

女になって、はじめて身をもって知ったことだが。

えっちな視線で見られているのは、すごくはっきりとわかる。

ま、まぁいいよ。減るもんじゃないし、許すよ。家族相手だしね。

楓《かえで》は、激しく首を横に振った。

「ごめんなさい、こんな……言うつもり、なかったのに」

「…………………」

困ったな……。さっきは自然に言葉が出てきたのに。

落ち込んでしまっている妹に、なにか気の利《き》いたことを言わなくてはいけないのに。

楓《かえで》に『千秋《ちあき》お姉さま』を好きになってもらう、絶好の機会なのに。

わたしは返事をしてあげられずにいた。

なぜなら。楓《かえで》に、ちらちら胸元を見られているだけなのに、さっきからずっと……。

ぎゅううう〜〜〜っ、と、胸が締め付けられるような感覚にさいなまれていたからだ。

たとえるならばインフルエンザの苦痛に、未知の酩酊《めいてい》感を加えて、かき回されているような。

「はぁ……」

吐く息は熱く、春先なのに熱中症になりそうだ。

「あー……もう一度言うが……気にするな」

辛《かろ》うじて言葉を吐き出した。

「一週間くらいで治せるって話じゃないか。その間、学校なんか、休んでしまえばいい。風邪をひいたとか、なんとか言ってさ」

実際いまの楓《かえで》は、風邪なんぞよりずーっと体調悪いだろ。

「いえ……学校には行きます」

そこで、どんよりとしていた楓《かえで》の雰囲気が、かちりと切り替わった。

顔を上げて、背筋を伸ばし、すっと立ち上がるだけで。

すっかり元通り、凛々《りり》しく冷たい王子様のご帰還だ。

「これ以上、自分を嫌いにはなりたくないですから」

もちろん強がりなんだろうが――

だからこそ。

「ほ～お、かっこいいじゃないか」

「……ふん、きみに褒められても嬉《うれ》しくありません」

不機嫌にそっぽを向く楓《かえで》は……必死でわたしの胸を見ないようにしているようだった。

こうして。

無理やり気力を振り絞り、立ち直ったかに見えた楓《かえで》であったが。

後になって思う。

結果だけを見れば、学校になど行かせるべきではなかったのだろうと。

やせ我慢が上手すぎる妹の精神は、とっくに限界を迎えていたのだから。


その後。

ごく普通に学校に行き、何事もなかったかのようにファンの女子集団と交流し、ぴんと背筋を伸ばし真面目に授業を受けて。

楓《かえで》は、実に通常営業の王子様ライフを、わたしに見せびらかしてきた。

例のごとく、もやもやイライラさせられた八隅《やすみ》千秋《あき》ちゃんであったが。

すこしばかりの安心もあった。

なぁーんだ。ふん……楓《かえで》のやつめ。無駄な心配をさせおって。

そんなふうに胸を撫《な》で下《お》ろしていたのだ。

わたしって、なんて妹想《おも》いな美少女だろう。

外見だけでなく、心まで美しいとは天下無敵だな。

脳内で繰り返し自画自賛を唱えて、イライラを鎮《しず》めるなどしていたのだ。

だが――

事件の始まりは、昼休み直前の授業中に起きた。

わたしの席からは、楓《かえで》の席がよく見える。

だから真っ先に気付いた。

なんかあいつ、やたらとモジモジしているな、と。

トイレでも我慢してるのかな？　と。

「むう……楓《かえで》に限ってそれはないな」

妹は何事も神経質に準備をするタイプなのだ。トイレくらいあらかじめ済ませておくだろう。

だとするなら……。例のアレ……つまり、生えてしまったのかもしれない……が。

冷やせばおさまるはずなのに、さっきからずっと様子がおかしい。

そもそも、生えてしまう原因となるものが見当たらない。なにせ授業中なのだ。

刺激の強い性的コンテンツの入手など……。

首をかしげるわたしであったが、ふと気づく。

楓《かえで》の前の席に座っているメイの……黒いブラがシャツから透けて見えていることにだ！

「えっ……ま、まさか……」

か、楓《かえで》おまえ……アレを見て？

「うう……む」

信じがたいが他に候補が見当たらぬ。

――この症状……あえて症状と呼ぶが――少しずつ悪化している。

――『部分的な性転換』が再発しやすくなってきている、ということだ。

夕子《ゆうこ》姉さんがそう言っていたが、ここまでとは。

っと、考察している場合じゃない。

「先生！」

わたしは即座に行動した。

「楓《かえで》の体調が悪そうなので、保健室に連れていきます！」

真っ赤になって目を潤ませる楓《かえで》は、風邪をこじらせたようにしか見えず。

わたしの言を疑うものは、誰もいなかっただろう。

ふたりで廊下に出る。

楓《かえで》は、スカートの前を押さえながら歩いていたが、あまりにも調子が悪そうだ。

「おい……大丈夫か？　ふらついているぞ」

「……寄らないで、ください」

「そう言われても、自分で歩けそうにないじゃないか」

「本当に……大丈夫ですから……八隅《やすみ》、くんは……教室に……戻ってください」

この反応……。

もしかすると、わたしがそばにいるのが辛《つら》い……の、だろうか。

なんてことだ……。八隅《やすみ》千秋《ちあき》ちゃんが、あまりにも美少女すぎるから……。

「そういうことか……」

わたしは数歩下がって、楓《かえで》から距離を取った。

とはいっても、苦しむ妹を放置して戻るなど論外である。

「すこし離れて付き添おう。それでいいな」

「…………」

楓《かえで》は答えず、よろよろと超内股で歩き始めた。

「……っ……ふ……ぅ……」

瞳を潤ませ、生まれたての小鹿のような有様《ありさま》で。

ハンカチに包んだ保冷剤を股間に当てながら。

「……はぁ……はぁ……」

それでもまったく治まらなくて……悪戦苦闘している妹の姿。

普段のわたしなら、指をさして大笑いするような……滑稽な姿だったが。

笑うことなんてできなかった。

「楓《かえで》。姉さんのところまで行けば、なんとかしてくれるから」

「……はい」

付かず離れず、歩いていく。

楓《かえで》の眼《め》に映らないように。近づきすぎないように。やや後ろの位置で。

だから、そのときも、うまく助けられなかった。

「あっ」

階段を下りようとしたところで、楓《かえで》が足を踏み外した。

「危ない！」

わたしは、とっさに手を伸ばし――

楓《かえで》をかばう形で踊り場へと落ちた。

「っ……」

尻と背に衝撃。

「ったた……楓《かえで》、無事――」

か、と言いかけて気付く。

いまのわたしたちの体勢にだ。

「……か……楓《かえで》……？」

楓《かえで》からの返事はない。代わりに淫靡《いんび》なうめき声が、すぐ耳元で聞こえた。

「……あ……あ……あぁぁ……っ」

下敷きになっているわたしは、彼女がいま、どんな顔をしているのかすら見ることはできない。

わかるのは、わたしたちは、いま、半ば抱き合うような形で寝転がっているということ。

完全に密着して……ふとももなどは素肌同士が触れ合っていて……。

わたしのシャツの胸元は、ふたたびボタンが外れて、はだけてしまっていて……。

このように――大変にマズイ、ということだ。

楓《かえで》の髪から漂う甘い香りが、くらりと意識を曖昧にする。

「……い」

いかん、やらかした。

この前のアレ以上に、やらかしているぞ……！

とにかく、この体勢を続けるわけにはいかない。

わたしは大慌てで楓《かえで》を押しのけ立ち上がろう――として。

「ぐ……っ！」

ずきり、と、手首に痛みが走る。

どうやら楓《かえで》をかばって落ちたとき、どこかにぶつけたらしい。

骨は折れていないようだが……肌が白いせいで、赤く腫れあがった患部が痛々しい。

「あ……」

ふらふらと立ち上がった楓《かえで》は、それを見て、真っ青になった。

震える唇がわずかに動き、

「ごめん……なさい……私……私……！」

「いや別におまえのせいじゃ――」

わたしは、悪化した流れを断ち切ろうと声を出すも、最後まで言い切る前に、

「っ！」

楓《かえで》は、はじかれるように階段を駆け下りていく。

わたしが痛みをこらえて起き上がったときには、楓《かえで》の姿は、階段の踊り場から消《き》え失《う》せていたのである。

「ああもう！　人の話を聞かないやつめ！」

こんな捻挫程度の怪我《けが》よりも、自分の方が、よっぽど抜き差しならない状態だろうに！

高校生活が台無しになるかどうかの瀬戸際《せとぎわ》だろうに！

「ひとごとで動揺している場合か！　大バカものめっ！」

慌てて追いかける。

楓《かえで》がわたしから逃げようとしていることも、その理由も、もちろんわかった上でだ。

階段を一階まで下り切って、首を振って楓《かえで》の姿を捜す。

「あっちか！」

発見した楓《かえで》の後を追うも、なかなか追いつけない。

まったくもどかしいな、この貧弱な身体《からだ》は！

がくっ、と、大きくぐらついた楓《かえで》は、なんとか体勢を立て直すや、図書室の中に入っていった。

「っ……！」

「楓《かえで》、おまえ、なにを……」

わたしも後に続く。

楓《かえで》は、引き戸を閉めて、自分を追わせまいとしようとしたが──

わたしはぎりぎりで滑り込んだ。図書室の中、古書の匂いが香る部屋で、楓《かえで》と対峙《たいじ》する。

「なんで……追いかけて……くるんですか……」

「はぁ……はぁ……っ……心配だからに……決まっているだろ……」

息切れがひどい。

楓《かえで》は、スカートの前を押さえて、強く唇をかんでいる。

まるでなにかに耐えるように──

「はやく、離れて……また……私が……変に……なる前に……」

これは、一昨日の夜と同じだ。

理性を喪失して、わたしを襲おうとしたあのときと。

「どうするつもりだ」

端的に問うた。すると楓《かえで》は、たたらを踏んでわたしから距離を取ろうとする。

「八隅《やすみ》くんが、出ていったら……カギをかけます。自分でなんとか、します、から。大丈夫です……周りに人もいませんし……冷やせばすぐに……」

それで治らないから、こういう状態になっているんだろうが。

わたしは首を横に振った。

「授業が終われば、昼休みになって人が来る。一昨日だって、自分でなんとかするのに、朝方まで苦しんだって話じゃないか」

「……夕子《ゆうこ》姉さんから聞いたんですか。あれほど言うなと口止めしたのに……」

「口が軽い姉さんで助かった。おかげで言いくるめられずにすんだからな」

一歩、楓《かえで》へと近づく。

すると楓《かえで》は、怯《おび》えたように一歩、わたしから離れる。

わたしはさらに、一歩、踏み込んだ。

「フン、ここに人が来るまで、もう三十分もない。カギをかけたって、それほど時間は稼げないだろう。治療する方法もない、移動する余力もないというなら、自分でなんとかするのは到底無理だな」

「だとしても、他に方法なんてありません。……近寄らないでください」

楓《かえで》はさらに、ふらつきながら後退する。

そのたび、わたしは前進し——やがて、追い詰めた。

楓《かえで》の背が、壁に付く。もう後はない。

「ち……近寄らないでと言っているでしょう。いますぐ離れて！　じゃないと……」

「じゃないと？　なんだというんだ？」

ドン、と、壁に手を突き、顔を近づけてやる。

「じゃないと……じゃないと……また、あたまが、おかしくなって……きみを……」

彼女の視線が、いやらしくわたしの身体《からだ》に絡《から》みつくのがわかった。

ぞくぞくっ——と、背筋に寒気が走る……が、このわたしがそんな程度で狼狽《うろた》えるわけもない。

「わたしを襲ってしまうって？　ふっ……ははは……ははは」

「こんなときに、なにを、笑って」

「ハーッハッハッハ！　アーッハッハッハ！」

高らかに笑い飛ばしてやった。

なにをかって？　わずかにでも脳裏をよぎった怯懦を。わたしらしくもない無様をだ！

あぁ……まったくもって情けない。

事態を切り抜ける方法なんて、とっくに思いついているというのに！

躊躇《ちゅうちょ》してしまった。

なにせこの作戦は、超々々々痛そうだし、成否にかかわらずメチャクチャ気まずい。

数パーセントの確率で死ぬかもしれんとさえ思う。

ああ、認めよう。わりと本気で怖いとも。

だが、それだけだ。

それだけなんだ。

妹が社会的に死ぬよりはマシだ。

楓《かえで》が、らしくもない姿で泣くよりは。

苦しそうにしているのを黙って見過ごすよりは。

ずっとずっとマシじゃないか。

この期に及んで躊躇《ちゆうちよ》するなど——
ハ、と、失笑が漏れる。
「ありえんな」

遠からん者は音にも聞け、近くば寄って目にも見よ！

わたしは八隅《やすみ》千秋《あき》。

元日本一の男にして、世界一の美少女なり！

「心配するな楓《かえで》！　この程度の窮地で狼狽《うろた》える必要などない——言ったはずだ。『困難だが確実な方法』があるとなっ！」

わたしは、勢いのままに上着を脱ぎ捨てる。

我が胸元に生える大きく重いふくらみが、わずかな痛みとともに上下に揺れた。

「わたしが助けてやる」

そして、堂々と告げる。


「楓《かえで》、えっちなことをするぞ！」


「なっ……なぁぁっ⁉」

わたしの堂々とした宣言に、楓《かえで》の瞳に、いまひとたび正気の光が灯《とも》る。

「な、なにをっ——なにをバカなことを言っているんですかきみは！」

「む、むろん、この状況を無事に切り抜ける現実的な方法についてだとも」

覚悟を決めて言ったとはいえ、恥ずかしいもんは恥ずかしい。

全身が発熱して、焼けるようだ。

「す、するわけないでしょう！　女同士でっ……きょうだいでっ……！　私、あなたなんか、大嫌い、なのに——」

まったく同感で、ごもっともで、痛いほどに気持ちはわかる。

こんな方法で解決したら、気まずいなんてもんじゃない。

それはわかっている。わかっている……が！

「他に手段がない」

わたしの胸元を凝視していた楓《かえで》が、はっと顔を上げた。

その目には、理解の色がある。

「きみの、そういうところが……大嫌いです。楽天的で、自分勝手で、偉そうで、配慮がなくて。当たり前みたいな顔をして、身を挺《てい》してまで私を助けようとする……」

楓《かえで》は抗《あらが》いがたい衝動をこらえながら、その瞳に憎しみさえ宿してわたしを睨《にら》みつけてくる。

「いつもいつもいつもいつもっ——押しつけがましいんですよ！　そんなことっ、誰も頼んでませんっ！」

「フハハハ、頼まれた覚えもない！　おまえの許可など求めてもいない！」

いつだってそうだった。

何度、妹に負けて悔しい思いをしようとも。

何度、自分が妹に劣っていると、思い知らされようとも。

何故《なぜ》かって？

「自己犠牲？　このわたしが？　そんなことをするとでも？　ばぁ〜〜〜〜かめっ！　そんな理由で動くものか！」

「じゃあ、どうして……」

「わたしが八隅《やすみ》千秋《ちあき》で、おまえが八隅楓《やすみかえで》だからだ！」

「――――」

楓《かえで》が目を見開いた。

わたしは続ける。挑むように。

「元日本一の男で、世界一の超美少女であるこのわたしが！　窮地の妹を見捨てるわけがないだろう！　ましてやその相手が、唯一わたしが劣等感を抱くおまえなのだからな！」

こんな絶好のリベンジチャンスがあるものか。

「ハハハハハハハ！　覚悟しろ楓《かえで》！　超かっこよく助け出して、メロメロにしてやるわぁ！」

「そんなくだらない理由で……ほんとうに、きみは……いつだって、わたしの言うことなんて……聞きもしない」

下唇を噛《か》みすぎて、楓《かえで》の血液が床に零《こぼ》れ落《お》ちる。

楓《かえで》は、昔から何度も何度も、ついさっきだって……口癖のように言ってきた。

八隅《やすみ》千秋《あき》の、そういうところが嫌いなのだと。

「ちゃんと聞いている。直すつもりがないだけだ」

楽天的でないわたしなど、わたしではないし。

自分勝手で偉そうじゃない、押しつけがましく楓《かえで》を助けようとしない八隅《やすみ》千秋《あき》なんて。

わたしなどであるものか。

「なら、幻滅させてあげます。私なんか、助けたくはないって……思い直すように」

楓《かえで》の眼《め》がすわり、情欲と自暴自棄でどろりと濁っていく。

そして——

「……私……私は……」

涙ながらに叫ぶ。

「女の子になったきみが好きなんです！」


「………な、なに？」

突如、想定外の情報がぶち込まれて、さすがのわたしも狼狽《うろた》えた。

オーバーヒートした楓《かえで》は、炎を噴き上げそうな顔を、口づけ寸前の距離まで近づけて、

「一目見た瞬間から、好きで好きでどうしようもないんです！　見た目も！　声も！　においだってっ！　大嫌いだったはずの性格まで愛《いと》しくて、だけどそんなの認めたくなくて！　好きな人に、ひどいことをしたくなくて！　ずっと、ずぅっ……と我慢してたのに……！」

どうして台無しにするんですか——と。

うるむ瞳で、伝えられて。

「……え……っ……そ……え……ぇ………………っ？」

許容量を遥《はる》かに超えるときめきが、恋愛初心者たるわたしの胸に注《そそ》ぎ込まれつつあった。

それは、わたしが覚悟していた破瓜《はか》の激痛よりも、遥《はる》かに鮮烈で。

いま、失神せずにいることが、奇跡のように思えた。

「か、楓《かえで》は……わたしが……好き、なの？」

問うと、彼女は屈辱と羞恥に顔をゆがめながら、

「好き、です」

頷《うなず》いた。

楓《かえで》は、首を激しく横に振って、言葉を詰まらせる。やがて呼気を乱しながら、

「男の八隅《やすみ》くんは……だ、だ、だいっ……嫌いなのに……いまのきみは……こんな……もう自分でも、どうしようもなくて」

楓《かえで》の瞳に、ぽろぽろと、丸い涙が生まれては消えていく。

「……ほら、気持ち悪いでしょう？　同性になったきようだいに劣情をもよおすなんて。嫌いに、なったでしょう？　性別が変わっただけなのに、たったそれだけで……だい、大嫌いだった相手を……好きになってしまうだなんて。……助ける気が、失《う》せた、でしょう？　こんなふうに、見苦しく興奮して……いやらしいことしか、考えられなくなるなんて……っ」

顔を両手で覆って、

「……もう……っ」

悲痛に叫ぶ。

「もう出ていってください！」

そう言われて。

このわたしが。

素直に出ていくとでも思ったのか？

「……な、わけ」

わたしは、膨張して破裂しそうな胸を押さえ、

「そんなわけがあるか！　人を好きになって、なにが悪い！　恥ずかしくない恋愛などない！」

言葉を吐き出した。だけど楓《かえで》には届かない。

「知ったようなこと言わないでください！　恋をしたこともないくせに！」

「いま、している」

「……えっ？」

「いま、していると言った！」

「誰、に」

「おまえにだ！」

「な……なっ、なっ」

はっ、どうだ……やり返してやったぞ。

楓《かえで》の熱烈な告白にあてられたわたしは、渦巻く恋愛感情に酩酊《めいてい》していたのだろう。

半ばヤケクソになって、

「わたしは！　いまのおまえに！　ちんちんが生えた楓《かえで》に！　恋をしていると言ったんだ！」

『楓《かえで》の告白』なんか目じゃない恥ずかしさの代物をぶつけてやった。

「そ、そんな告白がありますかぁっ！」

「わたしだって言うつもりなかったよ！　気付くはずじゃあなかったよ！　でも好きなんだからしょうがないだろ！　女になって、一、い、い、一目見た瞬間から好きだったって――気付いてしまったものはしょうがないだろ！」

だから、楓《かえで》を護《まも》るのは家族だからってだけじゃない。

きょうだいだからってだけじゃない。

同じ日に生まれた双子で。

もうひとりの自分のようなものだからって――それだけじゃあ、断じてない。

「世界中の人間におかしいと思われようが、気持ち悪い変態だと蔑まれようが、最初に望んだものとは違おうがなぁ！」

――全身全霊をもって、初恋をつかみ取ることを誓います！

入学式で誓った言葉がリフレインする。

「夢が叶《かな》ったのを、なかったことにはできないんだよ！」

認めたくなんて、ないけれど。

「これがわたしの初恋だ」


はぁ……っ、と、熱い息を吐いた。

言うべきことはすべて言った。言うべきでないことも、すべて言ってしまった。

これで楓《かえで》の罪悪感が、少しは薄まればいいが。

その代償として、わたしの初恋はひどい形で終わろうとしている。

後悔はない。ないが……すこしばかり、さみしい。

せっかく夢が叶《かな》ったっていうのにな。

これ以上ないほど完璧に、有言実行を果たしたっていうのにな。

なんだって、こんな気持ちにならなきゃならんのだ。

わたしはただ、恋をしてみたかっただけなのに。

恋を知らないわたしをときめかせてくれるなら、運命の相手は誰であろうとよかったんだ。

女でなかろうと、男だろうと、老人だろうと……いいや、人間じゃなくたっていい。

宇宙人だろうが怪異だろうがVtuberだろうが、本気でわたしを惚《ほ》れさせてくれるやつなら、誰だってよかった。

なんでよりにもよって……双子の妹にときめくんだ。

そいつはだめだよ。そいつだけは……だめなのに。

わたしが世界で一番、恋したくないやつに、わたしの胸は高鳴ってしまう。

世の大人たちに聞いてみたいものだ。

あなたの夢は、ちゃんと叶《かな》いましたか、と。

こんなさぁ……こんな……コレジャナイ感じに叶《かな》った人おる？？？

夢って、そーゆーもんなの？　恋って、こんなにどうしようもないもの？

だとしたら、せちがれーわ。大人の皆さん、よく堂々と生きているな。

……あーあ、終わった終わった。

あとは野となれ山となれ。煮るなり焼くなり好きにしろ。

そんな捨て鉢な気分で。無様に初恋が破れる瞬間を待った。

だけど、わたしが見たのは、理性が限界を迎える楓《かえで》でも、嫌そうに告白を拒絶する楓《かえで》でもなく。

「こんな……っ！」

がん、と、額を壁に強く打ち付ける楓《かえで》の姿だった。

一度だけじゃない。

何度も、何度も、自殺でもするかのように、美しい顔を傷つけて、血を流して。

「こんな、こんな、こんな——」

「なっ、なにしてるんだ！　やめろ！」

わたしが腕を伸ばして止めようとすると、

「こんな形で……！」

楓《かえで》に、やさしく抱き留められる。

「私のものになんて、できるわけが、ない、でしょう……っ」

「なっ……な、な………」

なにが起こっているのかと思った。

両目がぐるぐる回っている。

乱暴に襲われる覚悟をしていたのに、まったく違うやわらかな感触が、わたしの頭をとろかしていく。

胸に抱かれたまま見上げると、血に染まった彼女の美貌。

ぞっとするほど綺麗《きれい》で、見惚《みと》れてしまう。

「きみは、ほんとうに、愚かですね」

い、とどめに、耳元に甘いささやきが——

「この私が、好きになった人に、乱暴できるわけがないのに」

「……ごめ……でも、つらそうで」

逆！　役割が！　逆ぅ！

違う……こうじゃない……こうじゃないんだ……。

想《おも》いとは裏腹に。

わたしは初恋の人の胸に抱かれ、乙女のように涙を流していた。

エピローグ

「あ……あの……楓《かえで》？」

「なんですか、八隅《やすみ》くん」

「早く移動しないか？　ほら、人が……来ちゃうし？」

「……そう、ですね。……でも、もうすこしだけ、こうしていたいです」

耳元でそう囁《ささや》いて、楓《かえで》は、わたしの頭を胸に抱く。

「ひゃ……う……うぅぅ………ぐぐぐ」

こっ、このわたしともあろうものが……。

このわたしともあろうものがぁ……。

「おまえっ、おかしいぞ！　なんでこんなっ！　急に……べたべたとっ！」

「……私のこと、好き、なんでしょう？」

「あぁぁあぁぁぁぁあぁぁぁ〜〜〜〜〜〜〜〜〜〜〜〜〜」

なんてザマだ。

わたし！　いま！　十五年間の人生で！

もっともぉ！　へにょへにょになっている自覚があるぞぉ！

まったく力が入らにゃい……。

「は、破廉恥なっ……よくないんだからな！　きょうだいで！　こういうの！」

「言ってくれましたよね？　恥ずかしくない恋愛なんてない……って」

「ふぁぁぁあぁぁぁぁあぁぁぁ〜〜〜〜〜〜〜〜〜〜〜〜〜〜〜〜〜〜〜〜〜〜〜」

耳と心がこしょばゆい！

うぁぁ……誰か助けてくれ。

堕とされちゃう……このままだとわたし、楓《かえで》サマに堕とされちゃう……。

「だ、だだ、だいたいそのっ……楓《かえで》、おまえっ……大丈夫なのか？　血が……！　それにっ……こんなに……たくさん……わたしに……触れて……」

問うと、熱い吐息が耳にかかる。

「大丈夫……きみの告白に驚きすぎて……血も、身体《からだ》も……鎮《しず》まったみたいです」

「そんなわけがあるかぁ！」

無理やり痛みで正気を取り戻したようだが――

「顔に傷でも残ったらどうする！　二度とするなよ！　一刻も早く治療するぞ！」

「そうやって、他人事《ひとごと》だとすぐに真剣な顔をする……きみの、そういうところが」

「ふん、嫌いなんだろう？」

「はい、だけど…………」

「大好きです、お姉ちゃん」

きっといま。

楓《かえで》は類まれなる〝魅了〟の魔法を、はじめて自覚的に振るっている。

標的にされたわたしは、まともに目を合わせることさえままならず……。

「うっ……くっ……おのれぇ……っ」

唯々《ただただ》、淫靡《いんび》な敗北感に打ちのめされるのであった。


その翌朝。八隅《やすみ》家のリビングにて。

「八隅《やすみ》くん……昨日のことは、お互いに忘れましょう」

制服姿の楓《かえで》は、すっかり元に戻っていた。

態度も、身体《からだ》もだ。

無残な初恋を経験したわたしたちのデータとやらは、夕子《ゆうこ》姉さんの研究を飛躍的に進めたようで、当日のうちに楓《かえで》は完全な女性の身体《からだ》を取り戻した。

心配していた額の怪我《けが》さえ、ついでとばかりに影も形もなくなっている。

そしたら、だ。本人いわく。

どーもわたしへの恋心まで、綺麗《きれい》さっぱり失ってしまったらしい。

雄大なるちんちんとともに。

まったくもって、やれやれ……と、言う他ない。

「一夜の過《あやま》ちみたいな言い方で責任を分散しようとするな。わたしからは、おまえに指一本触れていないんだぞ」

一方的にハグされたりスリスリされたりした被害者は、わたしの方である。

頑として主張すると、楓《かえで》は一瞬だけムッと赤面し、禁止カードを切ってきた。

「でも、私に告白しましたよね？」

「自分だってわたしに告白したじゃないか！」

「だからあれは！　の、呪われていたようなものだと言ったでしょう！　色々おかしくなっていてっ……ほんとうの私じゃなかったんです！　……そ、それに……きみの方が、熱烈で恥ずかしい告白でした！　い、『いまの私』が……好きだ……って」

「……それは確かに、本心から、言ったけれども」

「ふんっ……そ、そうでしょう？」

「でもおまえ、あのときわたしのおっぱい揉《も》んだじゃん」

「揉《も》んでませんっ！　なんてこと言うんですか人聞きの悪い……！　確かにほんのすこし、ちょっぴりだけ触れたかもしれませんけれど、あれは事故みたいなもので……！」

楓《かえで》は、ぐっと握りこぶしで声をタメてから、

「自分だって、私の胸に顔を埋めたじゃないですか！」

「おまえが！　強引に！　ぎゅっとしてきたの！」

正当な反論を返してやると、かぁぁ……とさらに赤面した楓《かえで》は、

「あっ……あんなにっ、嬉《うれ》しそうにしてたくせにっ！　同罪です！　同罪っ！」

強烈なカウンターを放ってきた。

「うっ……ぐっ……！」

心臓を撃ち抜かれたわたしは、歯を食いしばって耐え——

「だって、それは……しょうがないだろ！　あのときのおまえが……カッコよくて……可愛《かわい》くて……」

「ううう…………！　また、そういうことを、言ってぇ！」

再びのカウンターが、楓《かえで》の急所に炸裂《さくれつ》する。

即死レベルのカウンターが飛び交う、壮絶なるきょうだい喧嘩《げんか》であった。

「……はぁ……はぁ……」

「ふーっ……ふーっ……」

わたしたちは向かい合ったまま、ぐぬぬぬぬ……と、羞恥の表情で睨《にら》みあう。

昨日の図書室にて。

楓《かえで》の暴走が、変な方に向かったおかげで、最後の一線だけは越えずに済んだわたしたちであ

ったが――

それはそれとして、めちゃくちゃ気まずい状況になっていた。

なにせ世界でもっとも恋愛対象からほど遠い相手と、本気の告白合戦をしてしまった記憶が、お互いしっかりと残っているのだ。

お互いに初恋同士で、両想《おも》いで。

こんな気持ちになったのは初めてで。

好きで好きでたまらなくても。

だからって、譲れないものはある。

「私、きみとなんて絶対に付き合いませんからね！　忌《い》まわしい呪いが解けた以上、私のきみへの……偽りの恋心はっ、すべてなくなりましたから！」

「わたしだって、おまえとなんて絶対に付き合うものか！」

自分で誓いを立てたとおり――

わたしは初恋を知り、ターゲット第一号である楓《かえで》の心を射止め、『大好きですお姉ちゃん』と甘えた声で言わせることにさえ成功した。

完全なる有言実行を果たし、確かに夢は叶《かな》ったが……が！

「求めた初恋は、こうではない！」

高らかに見得を切る。

「だからもう一度、やり直すのだ！　過去の恋になど構ってはいられんなあ！」

「へえ……本当にそうですか？」

「……どういう意味だ」

「呪いが解けたのは私だけ。きみは……まだ、私に恋をしたままでしょう？」

なんという……。

なんという勝ち誇った顔よ！　この冷たく蔑むまなざし！

こ、こうでなくてはな！

楓《かえで》は、我が生涯の宿敵は……こ、こうでなくちゃあ始まらない！

「フッ、バカめ。わたしの告白を、いま一度思い出してみるがいい……わたしはこう言ったはずだ——『ちんちんが生えている楓《かえで》が好きなんだ』と！」

「なっ……」

「つまぁり！　いまのおまえのことなんか、ちっとも好きではなぁい！　愛する妹ではあるが！　もはや恋の対象ではないのだ！」

フハハハハハハハハ！　ハァ——ハハハハハ！

他人には聞かれたくないやべー台詞《せりふ》ではあるが！

我ながら完全な対応よ！　心が読めでもせんかぎり、この理屈は覆《くつがえ》せまい！

言いたいことを言い終えたわたしは、鞄《かばん》を持って立ち上がる。

「どこにいくつもりですか？」

「むろん学校に。新たなる舞台で、新たなる恋を探すのだ」

「そんなことは聞いていません。私の話はまだ終わっていない、という意味です」

「しつこいやつだなー。いいだろう、聞いてやる」

かかってこい、という気持ちでニヤリとする。

すると楓《かえで》は、すっと立ち上がり、

「腕の怪我《けが》、まだ、痛むんでしょう」

優しい手つきで、わたしから鞄《かばん》を奪い取る。

それから、そっ……と、楓《かえで》の指先が、わたしの頬を撫《な》でた。

「…………………」

どんなつもりで楓《かえで》が、こんなことをしているのかがわからなくて。

ぽかんとしているわたしの前で、氷のように冷たい表情が、溶けていく。

「助けてくれてありがとうございます――」

「お姉ちゃん」

すぐ間近で解凍された笑顔は、あまりにも眩《まぶ》しくて。
取り繕ったごまかしなんて、一撃で粉砕されてしまった。
「どういたしましてだ、妹ちゃん」
強がって、笑い返す。
胸で脈打つ初恋は、かつて夢見たものより、ずっと鮮烈で。
忌々《いまいま》しくも美しい、爆弾のような形をしていた。

あとがき

『私の初恋は恥ずかしすぎて誰にも言えない』一巻を手に取っていただきまして、ありがとうございました。

本書は新シリーズの最初の一巻ですが、「一巻で完結する話のつもりで書こう」「ヒロインの魅力をしっかり描き切ろう」という想《おも》いで書きあげました。

いかがでしたでしょうか。楽しんでいただけたのなら、ひとつでも笑えるところがあったのなら、嬉《うれ》しいです。読者を二回笑わせることができたのなら、私の大勝利です。

今後も、面白いものをお届けできるようがんばります。

二〇二三年一一月　伏見《ふしみ》つかさ

◉伏見つかさ著作リスト

「十三番目のアリス①～④」（電撃文庫）
「俺の妹がこんなに可愛いわけがない①～⑰」（同）
「ねこシス」（同）
「エロマンガ先生①～⑬」（同）
「私の初恋は恥ずかしすぎて誰にも言えない」（同）
「名探偵失格な彼女」（VA文庫）

本書に対するご意見、ご感想をお寄せください。

ファンレターあて先
〒102-8177　東京都千代田区富士見 2-13-3
電撃文庫編集部
「伏見つかさ先生」係
「かんざきひろ先生」係

本書は書き下ろしです。

電撃文庫

私《わたし》の初恋《はつこい》は恥《は》ずかしすぎて誰《だれ》にも言《い》えない

伏見《ふしみ》つかさ

2024年1月10日　初版発行

発行者　山下直久
発行　株式会社KADOKAWA
〒102-8177　東京都千代田区富士見2-13-3
0570-002-301（ナビダイヤル）
装丁者　荻窪裕司（META＋MANIERA）
印刷　株式会社暁印刷
製本　株式会社暁印刷

ISBN978-4-04-915441-2　C0193　Printed in Japan

電撃文庫　https://dengekibunko.jp/

電撃文庫DIGEST　1月の新刊

発売日2024年1月10日

86―エイティシックス―Ep.13
―ディア・ハンター―

著／安里アサト　イラスト／しらび
メカニックデザイン／I-Ⅳ

共和国避難民たちは武装蜂起を決行し、一方的に独立を宣言。鎮圧に駆り出されたのはシンたち機動打撃群で……一方ユートはチトリを連れ、共和国へ向かう。そして、ダスティンは過去と現在の狭間で苦悩していた。

新作　私の初恋は恥ずかしすぎて誰にも言えない

著／伏見つかさ　イラスト／かんざきひろ

女子にモテモテのクール少女・楓は恋をしたことがない。そんな楓はある日、息を呑むほど可愛い女の子と出逢う。人生初のときめきに動揺したのも束の間、麗しの姫の正体はアホで愚かな双子の兄・千秋だったぁ!?

新作　ほうかごがかり

著／甲田学人　イラスト／potg

よる十二時のチャイムが鳴ると、ぼくらは「ほうかご」にとらわれる。そこには正解もゴールもクリアもなくて。ただ、ぼくたちの死体が積み上げられている。恐怖と絶望が支配する"真夜中のメルヘン"解禁。

魔王学院の不適合者14〈下〉
～史上最強の魔王の始祖、転生して子孫たちの学校へ通う～

著／秋　イラスト／しずまよしのり

魔弾世界で大暴れするアノス。それを陽動に魔弾世界の深部へ潜入したミーシャとサーシャの前に、創造神エレネシアが姿を現す――第十四章《魔弾世界》編、完結!!

いつもは真面目な委員長だけどキミの彼女になれるかな?2

著／コイル　イラスト／Nardack

映像編集の腕を買われ、陽都は後輩（売れない）アイドルの「ＪＫコンテスト」を手伝うことに。けど吉野さんも一緒なら、初のお泊まり――合宿も行ける!?　だがＪＫコンには、陽都の苦い過去を知る人物もいて……。

不可逆怪異をあなたと2
床辻奇譚

著／古宮九時　イラスト／二色こペ

異郷の少女・一妃。土地神となった少年・蒼汰。二人は異界からの浸食現象【白線】に対処しながら、床辻の防衛にあたっていた。そんな中、蒼汰の転校が決定。新しい学校では、土地神の先輩・墨染雨が待っており――。

勇者症候群3

著／彩月レイ　イラスト／りいちゅ

精神だけが《勇者》の精神世界に取り込まれてしまったカグヤ。心を無くした少女を護り、アズマたちは《勇者》の真相に立ち向かう――！

ツンデレ魔女を殺せ、と女神は言った。2

著／ミサキナギ　イラスト／米白粕

ツンデレ聖女・ステラの杖に転生した俺。二年生へ進級したステラは年に一度の『聖法競技会』に臨むことに！　優勝候補・クインザに対抗するため、俺（杖）は水の聖法を操るクーデレ美少女・アンリの勧誘に乗り出す！

少年、私の弟子になってよ。3
～最弱無能な俺、聖剣学園で最強を目指す～

著／七菜なな　イラスト／さいね

ラディアータとの約束を果たすため、頂へ駆け上がる識。ついに日本トーナメントへ出場！　しかし、聖剣"無明"の真実が白日の下に晒されてしまい!?　聖剣剥奪の危機を前に、師弟が選んだ道は――。

新作　放課後、ファミレスで、クラスのあの子と。

著／左リュウ　イラスト／magako

なんとなく家に居づらくて。逃げ込むように通い始めたファミレスで、同じ境遇の同級生・加瀬宮小白と出逢った。クラスメイトは知らない彼女の素顔が、彼女と過ごす時間が、俺の退屈な日常を少しずつ変えていく――。

新作　彼女を奪ったイケメン美少女がなぜか俺まで狙ってくる

著／福田週人　イラスト／さなだケイスイ

平凡な俺の初カノは"女子"に奪われました。憎き恋敵はボーイッシュな美少女・水嶋静乃。だけど……「本当の狙いはキミなんだ。私と付き合ってよ」　ってどういうこと!?　俺は絶対に落とされないからな！

新作　セピア×セパレート
復活停止

著／夏海公司　イラスト／れおえん

３Dバイオプリンターの進化で、生命を再生できるようになった近未来。あるエンジニアが〈復元〉から目覚めると、全人類の記憶のバックアップをロックする前代未聞の大規模テロの主犯として指名手配されていた――。

新作　【恋バナ】これはトモダチの話なんだけど　～すぐ真っ赤になる幼馴染の大好きアピールが止まらない～

著／戸塚 陸　イラスト／白蜜柑

悩める高二男子・瀬高蒼汰は、幼馴染で片思い相手・藤白乃愛から恋愛相談を受けていた。「友達から聞かれたんだけど……蒼汰ってどんな子がタイプなの？」まさかそれって……

豚になった俺が、
異世界で美少女と
いちゃラブ(!?)する
ファンタジー
逆井卓馬
Author: TAKUMA SAKAI
［イラスト］遠坂あさぎ
illustrator: ASAGI TOHSAKA
純真な美少女にお世話される生活。う～ん豚でいるのも悪くないな。だがどうやら彼女は常に命を狙われる危険な宿命を負っているらしい。
よろしい、魔法もスキルもないけれど、俺がジェスを救ってやる。運命を共にする俺たちのブヒブヒな大冒険が始まる！
豚のレバーは加熱しろ
Heat the pig liver
the story of a man turned into a pig.
電撃文庫

二月 公
イラスト／さばみぞれ
声優ラジオのウラオモテ
#01 夕陽とやすみは隠しきれない？
オモテは元気&清楚なアイドル声優／
ウラはギャル&根暗地味子な女子高生!?
プロ根性で世界をダマせ!
バレたらアウトの声優ラジオ
Now On Air!!
第26回
電撃小説大賞
大賞
受賞
電撃文庫

SWORD ART ONLINE
ソードアート・オンライン
川原 礫
イラスト／abec
「これは、ゲームであっても遊びではない」
《黒の剣士》キリトの活躍を描く
究極のヒロイック・サーガ！
電撃文庫

第28回電撃小説大賞
銀賞
受賞作
愛が、二人を引き裂いた。
BRUNHILD
竜殺しのブリュンヒルド
THE DRAGONSLAYER
東崎惟子
[絵] あおあそ
最新情報は作品特設サイトをCHECK!
https://dengekibunko.jp/special/ryugoroshi_brunhild/
電撃文庫

レプリカだって、恋をする。
Even a replica falls in love
榛名丼
[イラスト]
raemz
16歳、夏。はじめての、青春。
愛川素直という少女の
身代わりとして働く
分身体《レプリカ》、それが私。
本体のために生きるのが
使命……なのに、
恋をしてしまったんだ。
海沿いの街で
巻き起こる
ちょっぴり不思議な
青春ラブストーリー。
応募総数
4,128作品の
頂点
第29回
電撃小説大賞
大賞
受賞作
電撃文庫

第29回
電撃小説大賞
金賞
受賞作
夢の中で「勇者」と称えられた少年少女は、
美しき女神の言うがまま魔物を倒していた。
――その魔物が〝人間〟だとも知らず。
勇者症候群
Hero Syndrome
[著] 彩月レイ
[イラスト] りいちゅ
[クリーチャーデザイン] 劇団イヌカレー（泥犬）
少年は《勇者》を倒すため、
少女は《勇者》を救うため。
電撃大賞が贈る出会いと再生の物語。
電撃文庫

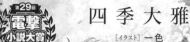

姫騎士アルウィンに養われ、人々から最低のヒモ野郎と罵られる
元冒険者マシューだが、彼の本当の姿を知る者は少ない。
「お前は俺のお姫様の害になる——だから殺す」
エンタメノベルの新境地をこじ開ける、衝撃の異世界ノワール！

電撃文庫

全話完全無料のWeb小説&コミックサイト

電撃ノベコミ+

NOVEL 完全新作からアニメ化作品のスピンオフ・異色のコラボ作品まで、作家の「書きたい」と読者の「読みたい」を繋ぐ作品を多数ラインナップ。

ここでしか読めないオリジナル作品を先行連載!

COMIC 「電撃文庫」「電撃の新文芸」から生まれた、ComicWalker掲載のコミカライズ作品をまとめてチェック。

電撃文庫&電撃の新文芸原作のコミックを掲載!

電撃ノベコミ+ 検索

最新情報は
公式Xをチェック!
@NovecomiPlus